JUAN JOSÉ SAER

El Entenado

© De la presente edición:

Octaedro editores, 2003

Av. República Argentina 231,
06020, México, D. F.

ISBN: 968-432-723-8

Se ha hecho el depósito que marca la ley

a Laurence Gueguen

*... más allá están los Andrófagos,
un pueblo aparte, y después viene el desierto total...*

HERODOTO, IV, 18

De esas costas vacías me quedó sobre todo la abundancia de cielo. Más de una vez me sentí diminuto bajo ese azul dilatado: en la playa amarilla, éramos como hormigas en el centro de un desierto. Y si ahora que soy un viejo paso mis días en las ciudades, es porque en ellas la vida es horizontal, porque las ciudades disimulan el cielo. Allá, de noche, en cambio, dormíamos, a la intemperie, casi aplastados por las estrellas. Estaban como al alcance de la mano y eran grandes, innumerables, sin mucha negrura entre una y otra, casi chisporroteantes, como si el cielo hubiese sido la pared acribillada de un volcán en actividad que dejase entrever por sus orificios la incandescencia interna.

La orfandad me empujó a los puertos. El olor del mar y del cáñamo humedecido, las velas lentas y rígidas que se alejan y se aproximan, las conversaciones de viejos marineros, perfume múltiple de especias y amontonamiento de mercaderías, prostitutas, alcohol y capitanes, sonido y movimiento: todo eso me acunó, fue mi casa, me dio una educación y me ayudó a crecer, ocupando el lugar, hasta donde llega mi memoria, de un padre y una madre. Mandadero de putas y marinos, changador, durmiendo de tanto en tanto en casa de unos parientes pero la mayor parte del tiempo sobre las bolsas en los depósitos, fui dejando atrás, poco a poco, mi infancia, hasta que un día una de las putas pagó mis servicios con un acoplamiento gratuito —el primero, en mi caso— y un marino, de vuelta de un mandado, premió mi diligencia con un trago de alcohol, y de ese modo me hice, como se dice, hombre.

Ya los puertos no me bastaban: me vino hambre de alta mar. La infancia atribuye a su propia ignorancia y torpeza la incomodidad del mundo; le parece que lejos, en la orilla opuesta del océano y de la experiencia, la fruta es más sabrosa y más real, el sol más amarillo y benévolo, las palabras y los actos de los hombres más inteligibles, justos y definidos. Entusiasmado por estas convicciones —que eran también consecuencia de la miseria— me puse en campaña para embarcarme como grumete, sin preocuparme demasiado por el destino exacto que elegiría: lo importante era alejarme del lugar en donde estaba, hacia un punto cualquiera, hecho de intensidad y delicia, del horizonte circular.

En esos tiempos, como desde hacía unos veinte años se había descubierto que se podía llegar a ellas por el poniente, la moda eran las Indias; de allá volvían los barcos cargados de especias o maltrechos y andrajosos, después de haber derivado por mares desconocidos; en los puertos no se hablaba de otra cosa y el tema daba a veces un aire demencial a las miradas y a las conversaciones. Lo desconocido es una abstracción; lo conocido, un desierto; pero lo conocido a medias, lo vislumbrado, es el lugar perfecto para hacer ondular deseo y alucinación. En boca de los marinos todo se mezclaba; los chinos, los indios, un nuevo mundo, las piedras preciosas, las especias, el oro, la codicia y la fábula. Se hablaba de ciudades pavimentadas de oro, del paraíso sobre la tierra, de monstruos marinos que surgían súbitos del agua y que los marineros confundían con islas, hasta tal punto que desembarcaban sobre su lomo y acampaban entre las anfractuosidades de su piel pétrea y escamosa. Yo escuchaba esos rumores con asombro y palpitaciones; creyéndome, como todas las criaturas, destinado a toda gloria y al abrigo de toda catástrofe, a cada nueva relación que escuchaba, ya fuese dichosa o terrorífica, mis ganas de embarcarme se hacían cada vez más grandes. Por fin la ocasión se presentó: un capitán, piloto mayor del reino, organizaba una expedición a las Malucas, y conseguí que me conchabaran en ella.

No fue difícil. En los puertos se hablaba mucho, pero cuando el momento del embarque llegaba, eran pocos los que se presentaban. Más tarde comprendería por qué. Lo cierto es que obtuve el puesto de grumete, en la nave capitana, la principal de las tres que constituían la expedición, sin ninguna dificultad. Cuando llegué a conchabarme, se hubiese dicho que estaban esperándome; me recibieron con los brazos abiertos, me aseguraron que haríamos una excelente travesía y que volveríamos de Indias unos meses más tarde, cargados de tesoros. El capitán no estaba presente; trabajaba en ese momento en la Corte, y llegaría el día de la partida. El oficial que reclutaba me asignó una cama en el dormitorio de los marineros y me dijo que me presentara más tarde para recibir instrucciones sobre mi trabajo. En la semana que precedió a la partida, bajé casi todos los días a tierra a hacer mandados para los oficiales e incluso para los marineros, sin demorarme en calles ni en tabernas porque el empleo de grumete me llenaba de orgullo y quería cumplirlo a la perfección.

Por fin llegó el día de la partida. La víspera, el capitán había aparecido con una comitiva discreta, inspeccionando, con su segundo, hasta el último rincón de las naves. Cuando estuvimos en alta mar reunió a marineros y oficiales en cubierta y profirió una arenga breve exaltando la disciplina, el coraje, y el amor a Dios, al rey, y al trabajo. Era un hombre austero y distante, sin rudeza, y de vez en cuando se lo veía trabajar en cubierta con el mismo rigor que los marineros. A veces se paraba, solo, en el puente, con la mirada fija en el horizonte vacío. Parecía no ver ni mar ni cielo, sino algo dentro de sí, como un recuerdo inacabable y lento; o tal vez el vacío del horizonte se instalaba en su interior y lo dejaba ahí, durante un buen rato, sin parpadear, petrificado sobre el puente. A mí me trataba con bondad distraída, como si uno de los dos estuviese ausente. La tripulación lo respetaba pero no le tenía miedo. Sus convicciones rigurosas parecían sabidas de memoria y las hacía aplicar hasta en los más mínimos detalles, pero era como si también de ellas estuviese ausente. Se hubiese dicho que había dos capitanes: el que transmitía, con precisión matemática, órdenes que emanaban, sin duda, de la corona, y el que miraba fijo un punto invisible entre el mar y el cielo, sin parpadear, petrificado sobre el puente.

En ese azul monótono, la travesía duró más de tres meses. A los pocos días de zarpar, nos internamos en un mar tórrido. Ahí fue donde empecé a percibir ese cielo ilimitado que nunca más se borraría de mi vida. El mar lo duplicaba. Las naves, una detrás de otra a distancia regular, parecían atravesar, lentas, el vacío de una inmensa esfera azulada que de noche se volvía negra, acribillada en la altura de puntos luminosos. No se veía un pez, un pájaro, una nube. Todo el mundo conocido reposaba sobre nuestros recuerdos. Nosotros éramos sus únicos garantes en ese medio liso y uniforme, de color azul. El sol atestiguaba día a día, regular, cierta alteridad, rojo en el horizonte, incandescente y amarillo en el cenit. Pero era poca realidad. Al cabo de varias semanas nos alcanzó el delirio: nuestra sola convicción y nuestros meros recuerdos no eran fundamento suficiente. Mar y cielo iban perdiendo nombre y sentido. Cuanto más rugosas eran la soga o la madera en el interior de los barcos, más ásperas las velas, más espesos los cuerpos que deambulaban en cubierta, más problemática se volvía su presencia. Se hubiese dicho, por momentos, que no avanzábamos. Los tres barcos estaban, en fila irregular, a cierta distancia uno del otro, como pegados en el espacio azul. Había cambios de color, cuando el sol aparecía en el horizonte a nuestras espaldas y se hundía en el horizonte más allá de las proas inmóviles. El capitán contemplaba, desde el puente, como hechizado, esos cambios de color. A veces hubiésemos deseado, sin duda, la aparición de uno de esos monstruos marinos que llenaban la conversación en los puertos. Pero ningún monstruo apareció.

En esa situación tan extraña le esperan, el grumete, adversidades suplementarias. La ausencia de mujeres hace resaltar, poco a poco, la ambigüedad de sus formas juveniles, producto de su virilidad incompleta. Eso en que los marinos, honestos padres de familia, piensan con repugnancia en los puertos, va pareciéndoles, durante la travesía, cada vez más natural, del mismo modo que el adorador de la propiedad privada, a medida que el hambre carcome sus principios, no ve en su imaginación sino desplumado y asado al pollo del vecino. Es de hacer notar también que la delicadeza no era la cualidad principal de esos marinos. Más de una vez, su única declaración de amor consistía en ponerme un cuchillo en la garganta. Había que elegir, sin otra posibilidad, entre el honor y la vida. Dos o tres veces estuve a punto de quejarme al capitán, pero las amenazas decididas de mis pretendientes me disuadieron. Finalmente, opté por la anuencia y por la intriga, buscando la protección de los más fuertes y tratando de sacar partido de la situación. El trato con las mujeres del puerto me fue al fin y al cabo de utilidad. Con intuición de criatura me había dado cuenta, observándolas, que venderse no era para ellas otra cosa que un modo de sobrevivir, y que en su forma de actuar el honor era eclipsado por la estrategia. Las cuestiones de gusto personal eran también superfluas. El vicio fundamental de los seres humanos es el de querer contra viento y marea seguir vivos y con buena salud, es querer actualizar a toda costa las imágenes de la esperanza. Yo quería llegar a esas regiones paradisíacas: pasé, por lo tanto, de mano en mano y debo decir que, gracias a mi ambigüedad de imberbe, en ciertas ocasiones el comercio con esos marinos —que tenían algo de padre también, para el huérfano que yo era— me deparó algún placer: y en ese ir y venir estábamos cuando avistamos tierra.

La alegría fue grande; aliviados, llegábamos a orillas desconocidas que atestiguaban la diversidad. Esas playas amarillas, rodeadas de palmeras, desiertas en la luz cenital, nos ayudaban a olvidar la travesía larga, monótona y sin accidentes de la que salíamos como de un período de locura. Con nuestros gritos de entusiasmo, le dábamos la bienvenida a la contingencia. Pasábamos de lo uniforme a la multiplicidad del acaecer. La lisura del mar se transformaba ante nuestros ojos en arena árida, en árboles que iniciaban, desde la orilla del agua, una perspectiva accidentada de barrancas, de colinas, de selvas; había pájaros, bestias, toda la variedad mineral, vegetal y animal de la tierra excesiva y generosa. Teníamos enfrente un suelo firme en el que nos parecía posible plantar nuestro delirio. El capitán, que nos observaba desde el puente, no participaba, sin embargo, de nuestro entusiasmo, como si no le incumbiese. Contemplaba, al mismo tiempo, sin ver una ni otro, la tripulación y el paisaje, con una sonrisa ajena y pensativa insinuada, no en su boca, sino más bien en su mirada. En su cara comida por la barba, las arrugas alrededor de los ojos se volvían, a causa de su expresión, un poco más profundas. A medida que íbamos acercándonos a la orilla, la euforia de la tripulación aumentaba. Final de penas y de incertidumbres, esa región mansa y terrena parecía benévola y, sobre todo, real. El capitán dio orden de anclar y de preparar embarcaciones para dirigirse a tierra. Muchos marinos —e incluso algunos oficiales— ni siquiera esperaron que las embarcaciones estuviesen listas: se echaron al agua desde la borda y ganaron a nado la orilla. Llegaron antes que las embarcaciones. Mientras nos aproximábamos nos hacían señas, saltando en la orilla, sacudiendo los brazos, chorreando agua, semidesnudos y contentos: era tierra firme.

Al llegar, nos dispersamos como animales en estampida. Algunos se pusieron a correr sin finalidad, en línea recta y en todas direcciones; otros en círculo, en un espacio limitado; otros saltaban en el mismo lugar. Un grupo encendió una inmensa fogata y se quedó contemplando el fuego, cuyas llamas empalidecían en la luz de mediodía. Dos viejos, al pie de un árbol, se burlaban de un pájaro grande que no se decidía a partir y que chillaba, saltando de rama en rama. Hacia el fondo, tierra adentro, al pie de una loma, varios hombres perseguían a una gallinácea de plumaje multicolor. Algunos se trepaban a los árboles, otros escarbaban el terreno. Uno, parado en la orilla, orinaba en el agua. Algunos, incomprensiblemente, habían preferido quedarse en el barco y nos contemplaban desde lejos, apoyados en la borda. Al anochecer, estábamos todos reunidos en la playa, alrededor del fuego a cuyas brasas se cocinaban los productos de la caza y de la pesca. Cuando llegó la noche, las llamas iluminaban las caras barbudas y sudorosas de los marinos sentados en círculo. Uno, un viejo, se puso a cantar. Los otros lo acompañábamos golpeando las manos. Después, poco a poco, el cansancio nos fue ganando, mientras el fuego se consumía. Había quienes cabeceaban ya de sentados, quienes se recostaban de lado en la arena tibia, quienes iban a buscarse un lugar al abrigo del sereno, al pie de la loma o bajo un árbol. Diez o doce tomaron una embarcación y se fueron a dormir a las naves. El silencio fue instalándose en la playa. Aprovechándose de la oscuridad, y por pura broma, un marinero se tiró un largo pedo que fue recibido con risotadas. Yo me estiré boca arriba y me puse a contemplar las estrellas. Como no se veía la luna, el cielo estaba lleno; había amarillas, rojizas, verdes. Titilaban, nítidas, o permanecían fijas, o destellaban. De vez en cuando, alguna se deslizaba en la oscuridad trazando una curva luminosa. Estaban como al alcance de la mano. Yo le había oído decir a un oficial que cada una de ellas era un mundo habitado, como el nuestro; que la tierra era redonda y que flotaba también en el espacio, como una estrella. Me estremecí pensando en nuestro tamaño real si esas estrellas habitadas por hombres como nosotros no parecían, vistas desde la playa, más que puntitos luminosos.

Al otro día, me despertó un tumulto de voces. De pie o acuclillados, capitanes y marineros discutían en la playa. Estaban diseminados sobre la arena y hablaban en voz alta y sin embargo contenida, como si reprimieran la cólera. El sol teñía de rojo el mar y ennegrecía las siluetas de los barcos que resaltaban contra sus primeros rayos. De la nave principal había venido la orden de zarpar de inmediato, poniendo proa hacia el sur. Las tierras que habíamos abordado no eran todavía las Indias sino un mundo desconocido. Debíamos bordear esas costas y llegar a las Indias, que estaban detrás. Dos grupos se oponían en la discusión; el primero, mayoritario, se plegaba a las órdenes de la nave capitana. El segundo, compuesto de dos oficiales y de una quincena de marineros, sostenía que había que quedarse en la tierra sobre la que estábamos parados e iniciar su exploración. En ese tira y afloje estuvieron casi una hora. Cuando los ánimos se caldeaban, las manos iban, rápidas, como por instinto, a las empuñaduras de las espadas. Las voces, contenidas a duras penas, dejaban escapar, de tanto en tanto, insultos y exclamaciones.

Cuando los del primer grupo hablaban, los del segundo los escuchaban sacudiendo la cabeza en signo de negación desde las primeras frases, sin dignarse a escuchar sus argumentos. Cuando eran los del segundo los que tenían el uso de la palabra, los del primero se miraban entre sí y sonreían despectivamente, adoptando aires de superioridad. En un momento dado, los rebeldes, tres o cuatro de los cuales estaban sentados en la arena, se incorporaron y retrocedieron unos, pasos, echando mano a las espadas. Los del otro grupo, sin avanzar, prepararon también las armas. El sol hacía relumbrar bronce y aceros. Los cascos de metal destellaban, fugaces, cuando los hombres, coléricos, sacudían la cabeza. Después de esa bravuconada, los dos grupos quedaron inmóviles, a varios pasos de distancia, contemplándose con las armas en la mano. Las largas sombras matinales de los que querían hacer cumplir las órdenes se estiraban, escuálidas, sobre la arena, y sus puntas se quebraban entre las piernas de sus adversarios.

La batalla parecía inminente cuando uno de los rebeldes, cuyo grupo daba la cara al mar, envainando su espada exclamó: ¡el capitán!, y comenzó, distraído pero no sin rapidez, a darse palmadas en las nalgas y en el resto del cuerpo para sacudir la arena adherida a su vestimenta.

El capitán venía parado rígido, con las piernas abiertas, en la embarcación, entre los remeros,, digno y sosegado, la mano derecha en la empuñadura (de la espada que pendía contra su flanco izquierdo. Si su cuerpo oscilaba, lo hacía con el mismo ritmo que la embarcación, como si sus pies estuviesen clavados en el fondo. Pudo verse que no era así cuando la embarcación llegó a la orilla: tieso y ágil, el capitán, pasando por sobre las cabezas de los remeros, puso pie a tierra y, sin detenerse un instante, comenzó a caminar con paso decidido sobre la arena. Sus botas, sus armas, sus joyas y sus doblones producían ruidos metálicos rítmicos y repetidos. Su sombra larga lo precedía, deslizándose sobre el suelo amarillo. Los que estábamos en la playa viéndolo avanzar, esperábamos que llegara hasta nosotros y se pusiera a declamarnos una de sus arengas distraídas pero, inesperadamente, al llegar al punto en que nos encontrábamos, en lugar de detenerse siguió de largo, sin modificar para nada el ritmo de su marcha, y entonces pudimos comprobar que su mirada, inalterable y digna, que había parecido estar posándose sobre nosotros desde que la embarcación se empezó a distanciar de la nave, en realidad iba fija en los árboles que crecían al pie de la loma, donde terminaba la playa y comenzaba la selva. Tan fija iba en ese punto que, cuando comprobamos que el capitán seguía de largo, muchos de los que estábamos en la playa giramos curiosos o sorprendidos la cabeza mirando en la misma dirección, pero por más que escudriñamos e incluso escrutamos el punto en cuestión, no logramos ver nada fuera de lo común, nada como no fuese la franja verde de vegetación y la loma verde y poco prominente que iniciaban la selva. Con su paso solemne y regular, el capitán continuó caminando un buen trecho todavía, hasta que por fin, de un modo brusco, y sin cambiar de actitud, se detuvo, adoptando una inmovilidad completa. Al principio pensé —y sin duda muchos de los que estaban en la playa reaccionaron del mismo modo— que el capitán había venido, mientras avanzaba, ultimando los detalles de su arenga, redondeando las frases que tenía pensado dirigirnos y las ideas que nos iba a comunicar, y que el hecho de pasar de largo no tenía otra finalidad que la de ganar tiempo y terminar de pulir su discurso que comenzaría a ser proferido cuando hubiese alcanzado el punto máximo de su desplazamiento, después de girar gallardo los talones y ponerse a recorrer su camino en sentido inverso; pero, a pesar de nuestra expectativa, el giro de talones no se produjo, y el capitán se quedó inmóvil, como un poste, dándonos la espalda y mirando sin duda sin pestañear, el mismo punto impreciso entre los árboles que se elevaban en el borde de la selva. En esa actitud debió permanecer por lo menos cinco minutos. Los de la playa, leales o rebeldes, se olvidaron por completo de la polémica que había estado oponiéndolos hasta un momento antes y, después de unos minutos de espera, empezaron a interrogarse unos a otros con la mirada. Unos metros más allá, la espalda del capitán seguía firme y tiesa. Yo miraba, alternadamente, esa espalda inmóvil, los dos grupos de marinos, separados por un espacio de arena vacía sobre la que se imprimían las sombras largas de los que estaban más cerca de la orilla, y detrás de éstos, en el agua, la embarcación en la que esperaban, impávidos, los remeros, y más lejos, en lo hondo, las tres naves cuyas velas empezaban a relumbrar en la luz matinal. No soplaba ninguna brisa y, a pesar de su aparición reciente, el sol empezaba a arder en esa costa vacía. Tampoco se oía ningún ruido, aparte del de la ola, demasiado monótono y familiar como para que le prestásemos atención, que venía a romper a la playa, formando una línea semicircular de espuma blanca y sacudiendo, rítmica y periódica, la embarcación con los remeros. La expectativa aunaba a los marinos, inmovilizados por la misma estupefacción solidaria. Por fin, después de esos minutos de espera casi insoportable, ocurrió algo: el capitán, dándonos todavía la espalda, emitió un suspiro ruidoso, profundo y prolongado, que resonó nítido en la mañana silenciosa y que estremeció un poco su cuerpo tieso y macizo. Han pasado, más o menos, sesenta años desde aquella mañana y puedo decir, sin exagerar en lo más mínimo, que el carácter único de ese suspiro, en cuanto a profundidad y duración se refiere, ha dejado en mí una impresión definitiva, que me acompañará hasta la muerte. En la expresión de los marinos, ese suspiro, por otra parte, borró la estupefacción para dar paso a un principio de pánico. El más inconcebible de los monstruos de esa tierra desconocida hubiese sido recibido con menor conmoción que esa expiración melancólica. Acto seguido, el capitán realizó, por fin, su esperado giro de talones, y empezó a recorrer en sentido inverso su camino, pasando junto a los marineros sin siquiera advertir su presencia, sacudiendo como para sí la cabeza, la barba corta hundida en el pecho, dirigiéndose hacia la embarcación. Cuando estuvo arriba, pasó por sobre las cabezas de los remeros y se quedó parado en medio de ellos cuando empezaron a remar. Con sacudones lentos, la embarcación comenzó a alejarse de la orilla, o a aproximarse, si se quiere, a las naves inmóviles. Sin hacer el menor comentario, los marinos se olvidaron por completo de su diferendo y envainando las espadas, sin hablar, sin atreverse a mirarse a los ojos, se pusieron a caminar hacia las embarcaciones vacías que se balanceaban en la otra punta de la playa.

Bordeando siempre tierra firme, las naves se dirigieron hacia el sur. Por momentos, la costa, que divisábamos, constante, se retiraba un poco, arqueándose, transformándose en un semicírculo, o bien penetraba en el agua, pétrea y atormentada, empujándonos mar adentro. A veces divisábamos bestias y pájaros, cuadrúpedos peludos que ramoneaban, en la orilla, monos que pasaban, con desdén y agilidad, de un árbol a otro, pájaros multicolores que volaban rápido, como proyectiles, paralelos a las naves y que después, de golpe, cambiaban de dirección y desaparecían en la selva. De hombres, sin embargo, no percibimos ni rastro. Nadie. Si ésas eran las Indias, como se decía, ningún indio», aparentemente, las habitaba; nadie que supiese de sí, como nosotros, que tuviese encendida en sí mismo la lucecita que da forma, color y volumen al espacio en torno y lo vuelve exterior.

De distante, el capitán se volvió remoto: parecía flotar en una dimensión inalcanzable. En los días que siguieron al desembarco, casi ni se lo vio en cubierta. Sus subordinados se ocupaban de todo y él no salía de su camarote. Al principio pensamos que estaría enfermo, pero dos o tres apariciones fugaces y distraídas de su silueta robusta nos convencieron de lo contrario. Una noche en que, a causa de la enfermedad del marinero que lo hacía habitualmente, me mandaron de la cocina a servirle la cena, cuando volví para levantar la mesa estuve golpeando a la puerta del camarote sin obtener respuesta hasta que, creyéndolo ausente, (decidí entrar, y entonces descubrí que en realidad estaba todavía sentado a la mesa, solo, en el centro del camarote iluminado, observando con atención el pescado que le había servido un rato antes y que yacía entero sobre su plato. Ni siquiera me oyó entrar o, por lo menos, nada demostró en su actitud que me hubiese oído. La mirada del capitán, encendida y vaga al mismo tiempo, permanecía fija en el pescado y, sobre todo, en el ojo único y redondo que la cocción había dejado intacto y que parecía atraerlo, como una espiral rojiza y giratoria capaz de ejercer sobre él, a pesar de la ausencia de vida, una fascinación desmesurada.

Al tiempo de navegar a lo largo de la costa, nos adentramos en un mar de aguas dulces y marrones. Era tranquilo y desolado. Cuando alcanzamos una de sus orillas, pudimos comprobar que el paisaje había cambiado, que ya la selva había desaparecido y que el terreno se hacía menos accidentado y más austero. Únicamente el calor persistía: y ese mar de color extraño, al revés del otro, azul, que refresca, con sus vientos que vienen de lo hondo, las playas del mundo, no lo mitigaba. Cielo azul, agua lisa de un marrón tirando a dorado, y por fin costas desiertas, fue todo lo que vimos cuando nos internamos en el mar dulce, nombre que el capitán le dio, invocando al rey, con sus habituales gestos mecánicos, cuando tocamos tierra. Desde la orilla vimos al capitán internarse en el agua hasta casi la cintura y cortar muchas veces el aire y rozar el agua con su espada que cimbreaba a causa de las manipulaciones ceremoniales. Mis ojos primerizos siguieron con interés los gestos precisos y complicados del capitán, pero no lograron percibir el cambio que mi imaginación anticipaba. Después del bautismo y de la apropiación, esa tierra muda persistía en no dejar entrever ningún signo, en no mandar ninguna señal. Desde el barco, mientras nos alejábamos hacia lo que suponíamos la desembocadura del río que teñía de marrón las aguas, me quedé mirando el punto en el que habíamos desembarcado, y aunque hacía apenas unos pocos minutos que habíamos vuelto a zarpar, no quedaba ningún rastro de nuestra presencia. Todo era costa sola, cielo azul, agua dorada. Teníamos la ilusión de ir fundando ese espacio desconocido a medida que íbamos descubriéndolo, como si ante nosotros no hubiese otra cosa que un vacío inminente que nuestra presencia poblaba con un paisaje corpóreo, pero cuando lo dejábamos atrás, en ese estado de somnolencia alucinada que nos daba la monotonía del viaje, comprobábamos que el espacio del que nos creíamos fundadores había estado siempre ahí, y consentía en dejarse atravesar con indiferencia, sin mostrar señales de nuestro paso y devorando incluso las que dejábamos con el fin de ser reconocidos por los que viniesen después. Cada vez que desembarcábamos, éramos como un hormigueo fugaz salido de la nada, una fiebre efímera que espejeaba unos momentos al borde del agua y después se desvanecía. Cuando entramos en el río salvaje que formaba el estuario —después supe que eran muchos— navegamos unas leguas alborotando las cotorras que anidaban en las barrancas de tierra roja, despabilando un poco el grumo lento de los caimanes en las orillas pantanosas. El olor de esos ríos es sin par sobre esta tierra. Es un olor a origen, a formación húmeda y trabajosa, a crecimiento. Salir del mar monótono y penetrar en ellos fue como bajar del limbo a la tierra. Casi nos parecía ver la vida rehaciéndose del musgo en putrefacción, el barro vegetal acunar millones de criaturas sin forma, minúsculas y ciegas. Los mosquitos ennegrecían el aire en las inmediaciones de los pantanos. La ausencia humana no hacía más que aumentar esa ilusión de vida primigenia. Así navegamos casi un día entero, hasta que por fin, al anochecer, nos detuvimos en medio de esas orillas primordiales. Por prudencia —temor de fieras, o de hombres, o de peligros innominados— el capitán aplazó el desembarco hasta el día siguiente.

De ese día me vuelve siempre, a pesar de los años, un gusto a madrugada: voces todavía un poco roncas por el sueño, ruidos primeros creando, en la oscuridad, un espacio sonoro, y el propio ser que emerge a duras penas de lo hondo, reconstruyendo el día inminente cuando una mano ya despabilada, en el alba inocente, lo sacude. Esa vez fue un marinero, un viejo lúgubre, el que me despertó: yo formaba parte de un grupo que bajaría a tierra con el capitán para una expedición de reconocimiento. Nos fuimos reuniendo, medio dormidos y acabándonos de vestir, en la cubierta donde el capitán ya nos esperaba, envuelto en la penumbra azul de la madrugada. Sobre los cables y los mástiles que se recortaban nítidos en esa penumbra brillaba, fija y enorme, la estrella de la mañana. Éramos once, incluido el capitán: en una sola embarcación nos dirigimos hacia la orilla del poniente y todavía puedo recordar que mientras remábamos, alejándonos de los barcos, íbamos alejándonos también de la mancha roja que teñía el cielo detrás de los árboles, en la orilla opuesta. Cuando tocamos tierra, era casi de día. Nuestra presencia en la orilla gredosa acrecentó el bullicio de los pájaros. Nos movíamos nítidos en la luz matinal. El capitán había depuesto toda actitud autoritaria plegándose, sin humildad, a nuestro asombro y a nuestra cautela. Desembarazar su entendimiento de la rigidez del mando, parecía dejarlo en un estado de disponibilidad animal que le permitiría afrontar mejor lo que pudieran guardar esas tierras desconocidas. Después de echar una mirada lenta y vacía a nuestro alrededor nos internamos en la maleza, dejando atrás el río en el que chapoteaba la embarcación. Por momentos, la maleza nos tapaba, por momentos, apenas si nos llegaba a la cintura, por momentos nos tocaba atravesar un bosquecito de árboles enanos entre cuyas ramas se entreveraban enredaderas florecidas y pájaros cantores. Al final desembocamos en un prado acuchillado y desierto, un poco amarillento y raleado a causa sin duda de los grandes calores. El sol alto iluminaba todo sin volverlo, sin embargo, más inmediato y presente. Los barcos, detrás, en un supuesto río, eran, a media mañana, un recuerdo improbable. Durante unos minutos permanecimos inmóviles, contemplando, al unísono, el mismo paisaje del que no sabíamos si, aparte de los nuestros, otros ojos lo habían recorrido, ni si, cuando nos diésemos vuelta, no se desvanecería a nuestras espaldas, como una ilusión momentánea. Habíamos andado dos o tres horas; como nos llevaría el mismo tiempo volver sobre nuestros pasos, pegamos la vuelta y empezamos a caminar en sentido opuesto, con el sol al frente, en silencio y sudorosos. Nuestro entendimiento y esa tierra eran una y la misma cosa; resultaba imposible imaginar uno sin la otra, o viceversa. Si de verdad éramos la única presencia humana que había atravesado esa maleza calcinada desde el principio del tiempo, concebirla en nuestra ausencia tal como iba presentándose a nuestros sentidos era tan difícil como concebir nuestro entendimiento sin esa tierra vacía de la que iba estando constantemente lleno. El sol único destellaba en un cielo de un azul tan intenso que por momentos parecía atravesado de olas cambiantes y turbulentas: astillas ardientes alrededor de un núcleo árido. El capitán parecía despavorido —si se puede hablar de pavor en el caso de una verificación intolerable de la que sin embargo el miedo está ausente. Las pocas palabras que pronunciaba le salían con una voz quebrada, débil, cercana al llanto. Y el sudor que le atravesaba la frente y las mejillas y que se perdía en el matorral negro de la barba, le dejaba alrededor de los ojos estelas húmedas y sucias que evocaban espontáneamente las lágrimas. Ahora que soy un viejo, que han pasado tantos años desde aquella mañana luminosa, creo entender que los sentimientos del capitán en ese trance de inminencia provenían de la comprobación de un error de apreciación que había venido cometiendo, a lo largo de toda su vida, acerca de su propia condición. En la mañana vacía, su propio ser se desnudaba, como el ser de la liebre ha de desnudarse, sin duda, para su propia comprensión diminuta, cuando se topa, en algún rincón del campo, con la trampa del cazador.

En mi recuerdo, alcanzamos la costa alrededor de mediodía —sol a pique sobre los barcos y el agua, inmovilidad total en la luz ardua, presencia cruda y problemática de las cosas en el espacio cegador. Jadeantes y sudorosos, nos paramos sobre la greda húmeda, emergiendo bruscos de la maleza para los que nos contemplaban desde los barcos. Decepcionado tal vez por una expedición sin sorpresas, el capitán parecía indeciso y demoraba el embarque, mirando lento en todas direcciones y respondiendo con monosílabos distraídos a las frases que le dirigían sus hombres. Cuando ya estábamos casi al borde del agua, el capitán dio media vuelta y, retrocediendo varios metros, se puso a sacudir la cabeza con la expresión de la persona que está a punto de manifestar una convicción profunda que las apariencias se obstinan en querer desmentir. Mientras lo hacía, no dejaba de escrutar la maleza, los árboles, los accidentes del terreno y el agua. Nosotros esperábamos, indecisos, a su alrededor. Por fin, mirándonos, y con la misma expresión de convicción y desconfianza, empezó a decir: *Tierra es ésta sin...*, al mismo tiempo que alzaba el brazo y sacudía la mano, tratando de reforzar, tal vez, con ese ademán, la verdad de la afirmación que se aprestaba a comunicarnos. *Tierra es ésta sin...* —eso fue exactamente lo que dijo el capitán cuando la flecha le atravesó la garganta, tan rápida e inesperada, viniendo de la maleza que se levantaba a sus espaldas, que el capitán permaneció con los ojos abiertos, inmovilizado unos instantes en su ademán probatorio antes de desplomarse. Durante una fracción de segundo no pasó nada, salvo mi comprobación atónita de que todos los que acompañaban al capitán, salvo yo, yacían en tierra inmóviles, atravesados, en diferentes partes del cuerpo, pero sobre todo en la garganta y en el pecho, por flechas que parecían haber salido de la nada para venir a incrustarse exactas en sus cuerpos desprevenidos. El acontecimiento que sería tan comentado en todo el reino, en toda Europa quizás, acababa de producirse en mi presencia, sin que yo pudiese lograr, no ya estremecerme por su significación terrorífica, sino más modestamente tener conciencia de que estaba sucediendo o de que acababa de suceder. El recuerdo que me queda de ese instante, porque lo que siguió fue vertiginoso, se limita a representar el sentimiento de extrañeza que me asaltó. En pocos segundos, mi situación singular se mostró a la luz del día: con la muerte de esos hombres que habían participado en la expedición, la certidumbre de una experiencia común desaparecía y yo me quedaba solo en el mundo para dirimir todos los problemas arduos que supone su existencia. Ese estado duró poco. Una horda de hombres desnudos, de piel oscura, que blandían arcos y flechas, surgió de la maleza. Mientras un grupo se ocupaba de juntar los cadáveres, el resto me rodeó y, apretándose a mi alrededor y señalándome con el dedo, tocándome con suavidad y entusiasmo, en medio de risotadas satisfechas y admirativas, se puso a proferir, sin parar, una y otra vez, los mismos sonidos rápidos y chillones: *¡Def-ghi! ¡Def-ghi! ¡Def-ghi!* También esto duró muy poco; la impresión de flotar, de estar en otra parte, era mucho más fuerte que el terror. Y antes de que me diese cuenta, de que pudiese girar la cabeza para echar una mirada hacia los barcos que, si no me equivoco, debían estar todavía ahí, en el centro del río, los hombres desnudos de piel oscura habían cargado los cadáveres y se dirigían, llevándome con ellos, hacia la maleza, ágiles y a la carrera, como si no les costara ningún esfuerzo, de modo que yo me vi obligado a correr durante no menos de una hora, flanqueado por dos indios robustos que iban sosteniéndome uno de cada brazo, con firmeza pero sin brutalidad, guiándome con destreza a través de los accidentes del terreno, pero sin dirigirme la palabra ni mirarme una sola vez. Parecían conocer de memoria cada árbol, cada sendero, cada matorral. Cuando al cabo de una hora se detuvieron, a la orilla de un arroyo tranquilo y a la sombra de unos árboles, ni siquiera jadeaban. Después de una hora de haber venido viendo un paisaje desconocido todo alterado por los saltos a los que me obligaba mi carrera ininterrumpida —de modo tal que todo lo visible a mi alrededor temblaba y parecía cambiante, deforme, capaz de desplazarse vertical y horizontalmente, como si cada cosa estuviese constituida por numerosas pátinas de forma idéntica mal superpuestas unas sobre las otras—, ver otra porción de ese paisaje desconocido en estado de reposo no me resultó menos extraño y singular.

Mientras un grupo se ponía a cabildear, con ademanes múltiples y mesurados, bajo los árboles que crecían a la orilla del arroyo, me eché al suelo respirando veloz y oyendo mi corazón golpear fuerte dentro del pecho. Los que discutían bajo los árboles parecían referirse a mi persona, porque de vez en cuando echaban miradas detenidas en mi dirección, como si estuviesen decidiendo mi destino. Todavía hoy me maravilla mi inconsciencia; en ningún momento se me ocurrió pensar —y el tiempo me daría la razón— que mi suerte sería semejante a la del capitán y a la de mis otros compañeros. Es verdad que lo singular de mi situación, en muchos aspectos análoga a las que atravesamos en los sueños, me hacía percibir los hechos como distantes y vividos por algún otro, y de la misma manera que cuando escuchamos aventuras ajenas o corremos, en los sueños, peligros que nos dejan indiferentes, yo veía ante mí esa horda de hombres desnudos y esos cadáveres acumulados como una imagen remota, sin relación con mi realidad propia ni con lo que yo había venido considerando hasta ese entonces mi experiencia. Cuando me repuse un poco de mi fatiga, me incorporé y me quedé sentado en el suelo, mirando a mi alrededor. Como siempre que mi mente se vacía empecé, de un modo mecánico, a contar: como estaban todos desnudos y se parecían entre sí, y algunos se movían sin parar, yendo hacia la orilla del río, aproximándose al grupo que deliberaba, dando una vuelta para inspeccionar los cadáveres del capitán y de mis compañeros, acercándoseme para observarme con atención cortés durante algunos minutos, a veces se me traspapelaban pero, retomando la cuenta varias veces, y sometiéndola a distintas verificaciones, concluí en que eran noventa y cuatro. Al día siguiente pude volverlos a contar, con el mismo resultado. Eran todos de sexo masculino, ni demasiado jóvenes ni demasiado viejos. Los que deliberaban bajo los árboles no pasaban de veinte. Los otros iban y venían a mi alrededor.

Otra razón de mi tranquilidad inusitada era la cortesía constante con que los salvajes se me aproximaban, me tocaban en general con la punta de los dedos extendidos, y me dirigían la palabra. Esta era una sola, dividida en dos sonidos distintos, fáciles de identificar, que empleaban para dirigirse a mí o referirse a mi persona. Ese vocablo, dicho una y otra vez con voz rápida y chillona —*Def-ghi, Def-ghi, Def-ghi*— iba en general acompañado de risas melosas o de risotadas, de toqueteos tiernos y risueños, en los hombros, en los brazos o en el pecho, de disquisiciones circunstanciadas de las que yo era el objeto si se tiene en cuenta que sus dedos oscuros no paraban de señalarme. A veces uno de esos hombres desnudos se acuclillaba frente a mí y comenzaba a dirigirme miradas insistentes y soñadoras.

Algunos me traían agua, frutas que al principio miré con desconfianza y que terminé devorando. Otros me incitaron, con ademanes corteses y desmesurados, a sentarme a la sombra de unos árboles vecinos a los del conciliábulo, ya que los dos indios que me habían venido flanqueando durante la carrera me habían dejado bajo el sol de la siesta. Cuando comprendí la invitación y me dirigí hacia el árbol, uno de los indios cortó una rama y se puso a barrer el suelo con ella para que yo lo encontrara limpio al sentarme.

La discusión bajo los árboles duró varias horas: por momentos, los oradores se aletargaban, parecían perder el hilo de sus peroratas, se adormecían en medio de ellas, y volvían a retomarlas mucho más tarde, satisfaciendo la expectativa general que no había dado señales de decaer durante esos largos silencios. El letargo parecía enardecer a los oradores y agudizar la atención de sus interlocutores inmóviles y por fin, cuando el sol comenzaba a declinar, no propiamente a hundirse en el horizonte sino a mandar una luz adelgazada de un amarillo verdoso, el grupo dio fin a sus deliberaciones, dos o tres se pusieron a gritar para reunir a los hombres dispersos mientras los otros comenzaban a cargar los cadáveres y, después que los indios que me habían venido escoltando volvieron a apareárseme, uno de cada lado, recomenzamos la carrera.

Durante esa carrera, la deferencia de los indios hacia mi persona se volvió a manifestar; los dos que me flanqueaban me agarraron, sin brusquedad y sin decir palabra, de los codos, y me levantaron a varios centímetros del suelo para que mis pies no lo tocaran, ahorrándome de ese modo el esfuerzo de la carrera. Sin darme cuenta bien de lo que querían, al principio me puse a patalear, pero cuando comprendí sus propósitos me mantuve rígido, con los antebrazos un poco elevados y los dedos encogidos, las piernas inútiles pegadas una a la otra, los brazos un poco separados del cuerpo de modo tal que los codos se apoyaban sin esfuerzo, y en forma por decir así natural, sobre las manos firmes que me soliviantaban. Tanta era la habilidad con que esos hombres me sostenían, que en algunos momentos el golpeteo de sus pies desnudos sobre la tierra ni siquiera se transmitía a mi propio cuerpo, de modo tal que ninguna alteración visual se producía, y el paisaje a mis costados iba deslizándose hacia atrás con tanta placidez como si estuviese desplazándome por una superficie sin accidentes. Cuando el golpeteo recomenzaba yo sentía, en mis codos, el movimiento de las manos férreas que trataban de corregir la posición, reacomodándose para evitar en lo posible la transmisión de las sacudidas que no parecían producir tampoco demasiado efecto en sus propios cuerpos. Esa carrera duró, sin una sola pausa, un día entero. A decir verdad, se trataba de un trote bastante apacible, a cuyo ritmo la columna de hombres parecía habituada, y del que nadie desentonaba; un trote diestro y uniforme, que al cabo de algunas horas se volvió monótono, a tal punto que al anochecer me dormí. Me despertó una superficie blanca y luminosa, que ondulaba como una llama fija, de la que tardé en darme cuenta que era la luna. En la oscuridad, mis portadores respiraban sin esfuerzo, de un modo casi inaudible. El ruido que los pies desnudos de los noventa y cuatro hombres producían al chocar una y otra vez contra la tierra, no era más que un chasquido que se desvanecía casi de inmediato en la oscuridad. Después vino la madrugada, y la luna inmensa desapareció a nuestras espaldas; el alba en seguida, la aurora, la mañana. El sol, subiendo por detrás, quedó fijo un instante sobre nuestras cabezas y empezó a bajar, lento, ante nuestros ojos, hasta que su luz fue adelgazándose otra vez, adquiriendo ese tinte amarillo verdoso, y entonces, en la orilla de un río inmenso, de aguas pardas o doradas, en lo alto de una barranca, nos detuvimos. El río era tan ancho que varias islas chatas lo interrumpían en el medio. El sol tardío cabrilleaba en el agua. Mis dos escoltas me soltaron y toqué tierra. Algo dentro de mi cabeza giraba despacio, se balanceaba, y todo lo exterior lo acompañaba en su vaivén de modo que, para no desplomarme, me senté. Si esa tierra pretendía estar en proporción con sus ríos, no le quedaba otro remedio que ser infinita, ya que sus ríos desdeñosos daban la impresión casi euforizante de serlo.

La tierra que habíamos atravesado al trote ininterrumpido era más bien alta, llena de ondulaciones armoniosas, atravesada de arroyos que se cortaban por momentos, plácidos, para dejarnos pasar. La que se avistaba desde lo alto de la barranca más allá del río cimarrón y de las islas enanas, parecía chata, sin accidentes visibles; era una planicie de un verde terroso que se extendía sin interrupción hasta el horizonte, sin otra diversidad ante ella que la del cielo. Me arrastré hasta el borde de la barranca, y me quedé un buen rato contemplando el paisaje y los hombres, que parecían recuperar aliento echados en el suelo, paseándose por la orilla del río que venía a morir abajo, al pie de la barranca. Ahí fue donde los volví a contar: eran noventa y cuatro. Un día después de haberlos visto por primera vez, ya estaba tan habituado a ellos que mis compañeros, el capitán y los barcos me parecían los restos inconexos de un sueño mal recordado, y creo que fue en ese momento que se me ocurrió por primera vez —a los quince años ya— una idea que desde entonces me es familiar: que el recuerdo de un hecho no es prueba suficiente de su acaecer verdadero, del mismo modo que el recuerdo de un sueño que creemos haber tenido en el pasado, muchos años o meses antes del momento en que estamos recordándolo, no es prueba suficiente ni de que el sueño tuvo lugar en un pasado lejano y no la noche inmediatamente anterior al día en que estamos recordándolo, ni de que pura y simplemente haya acaecido antes del instante preciso en que nos lo estamos representando como ya acaecido. A no ser por sus cadáveres amontonados al pie de la barranca, en la orilla del agua, el capitán y mis compañeros de expedición ya hubiesen desaparecido para siempre de mi vida. Hasta ese momento no había tenido tiempo de sentir compasión por ellos —ni por mí mismo, por otra parte. Me sentía liviano, casi inexistente; y los acontecimientos, tenues y fugaces, se encargaban de soliviantarme como lo habían hecho mis escoltas, impasibles y firmes.

La pausa duró poco, como si hubiesen condescendido a ella por consideración a mi persona o como si se hubiese tratado de una simple formalidad. Disimuladas entre el ramaje que crecía en el declive de la barranca que, a decir verdad, por su altura, era casi una colina, los indios habían guardado una multitud de embarcaciones hechas de troncos ahuecados, que echaron al agua con rapidez, distribuyéndose en ellas y repartiéndose los cadáveres. Esos hombres parecían moverse siempre a toda velocidad: en un día, después de haber asesinado al capitán y al resto de mis compañeros, habían recorrido una cantidad enorme de leguas al trote, descansando de un modo convencional durante algunos minutos, y en seguida, apenas terminaron de echar las canoas al agua, operación que realizaron casi a la carrera, se habían puesto a remar sin descanso con paladas vigorosas que nos hacían avanzar hacia el crepúsculo que enrojecía el agua. Al atravesar el río, me dieron nuevas pruebas de deferencia: una embarcación para mí solo, en la que remaban, impasibles y enérgicos, mis dos inevitables laderos.

Ese río, que atravesaba por primera vez, y que iba a ser mi horizonte y mi hogar durante diez años, viene del norte, de la selva, y va a morir en el mar que el pobre capitán llamó dulce. Ellos lo llaman padre de ríos. Y es verdad que, mientras viene bajando, engendra ríos a su paso, ríos que van multiplicándose en las proximidades de la desembocadura, que se separan a determinada altura del lecho principal, corren unas leguas paralelos a él, y vuelven a reunírsele un poco más abajo, ríos que a su vez engendran ríos que engendran otros a su vez, con esa tendencia a la multiplicación infinita que frenan a duras penas las barrancas comidas por el agua; río de muchas orillas, a causa de las islas sombrías y pantanosas que las forman. Los hombres que habitan en las inmediaciones tienen el color del barro de la costa, como si también ellos hubiesen sido engendrados por el río, lo que haría decir al padre Quesada años más tarde, cuando oiría mis descripciones, que yo había vivido durante diez años, sin darme cuenta, en la vecindad del paraíso, que en la carne de esos hombres había todavía vestigios del barro del primero, que esos hombres eran sin duda la descendencia putativa de Adán.

Esquivando o rodeando las islas, nos fuimos acercando a la orilla opuesta cuyos árboles quietos se recortaban nítidos en el anochecer. Yo oía, durante nuestra travesía, el ruido rítmico de nuestros remos al chocar contra el agua, que era como el eco invertido, es decir más próximo en vez de más lejano, del ruido semejante que iban produciendo los remos de las otras embarcaciones. De la costa que se nos aproximaba con rapidez, me llegaba, aunque ningún ser viviente era visible todavía, un relente humano. Fogatas dispersas entre los árboles me lo confirmaron. Pero como iba cayendo la noche, debimos tocar tierra para que yo percibiese la multitud oscura reunida en la playa: hombres, mujeres, criaturas y ancianos que iban llegando desde las hogueras, detrás de los árboles, al espacio vacío de la playa, y que yo adivinaba por el brillo de sus pieles oscuras, por su parloteo ininterrumpido y más tarde, cuando bajé a tierra, por el toqueteo dulce y mesurado de que fui objeto y del que me sustrajeron después de unos minutos mis dos guardianes aferrándome por los codos y conduciéndome hacia el espacio detrás de los árboles en el que ardían las hogueras. Del parloteo rápido y chillón que seguía resonando a mis espaldas me llegaba, de tanto en tanto, mientras me iba alejando, la única palabra referida a mi persona que yo podía reconocer hasta ese momento —*Def-ghi, Def-ghi, Def-ghi*— dicha con distintas entonaciones, en medio de sonidos de extensión diferente que eran las frases que intercambiaban, y proferida por diferentes personas. Conducido por los dos indios, atravesé los árboles y llegué adonde estaban las hogueras, que ardían entre los espacios libres dejados por un caserío irregular y bastante extendido. Tres viejas conversaban apacibles, sentadas cerca del fuego, contra el frente de una de las construcciones. Al vernos llegar se interrumpieron, y una de ellas dirigiéndose a mis guardianes con interés displicente, señalándome con la cabeza, lo interrogó con la expresión y con un ademán consistente en juntar por las yemas todos los dedos de una mano y sacudirlos varias veces hacia su boca abierta, aludiendo al acto de comer. *Def-ghi, def-ghi,* respondió, perentorio, uno de mis acompañantes. Al oírlo, las viejas abrieron desmesuradamente los ojos, con asombro complacido, y comenzando a sacudir la cabeza me dirigieron las mismas sonrisas melosas y deferentes con que me recibían en general todos los miembros de la tribu. Por fin, mis acompañantes, dando un rodeo por detrás de la construcción a cuya puerta conversaban las tres viejas, me introdujeron en una de las viviendas.

Toda vida es un pozo de soledad que va ahondándose con los años. Y yo, que vengo más que otros de la nada, a causa de mi orfandad, ya estaba advertido desde el principio contra esa apariencia de compañía que es una familia. Pero esa noche, mi soledad, ya grande, se volvió de golpe desmesurada, como si en ese pozo que se ahonda poco a poco, el fondo, brusco, hubiese cedido, dejándome caer en la negrura. Me acosté, desconsolado, en el suelo, y me puse a llorar. Ahora que estoy escribiendo, que el rasguido de mi pluma y los crujidos de mi silla son los únicos ruidos que suenan, nítidos, en la noche, que mi respiración inaudible y tranquila sostiene mi vida, que puedo ver mi mano, la mano ajada de un viejo, deslizándose de izquierda a derecha y dejando un reguero negro a la luz de la lámpara, me doy cuenta de que, recuerdo de un acontecimiento verdadero o imagen instantánea, sin pasado ni porvenir, forjada frescamente por un delirio apacible, esa criatura que llora en un mundo desconocido asiste, sin saberlo, a su propio nacimiento. No se sabe nunca cuándo se nace: el parto es una simple convención. Muchos mueren sin haber nacido; otros nacen apenas, otros mal, como abortados. Algunos, por nacimientos sucesivos, van pasando de vida en vida, y si la muerte no viniese a interrumpirlos, serían capaces de agotar el ramillete de mundos posibles a fuerza de nacer una y otra vez, como si poseyesen una reserva inagotable de inocencia y de abandono. Entenado y todo, yo nacía sin saberlo y como el niño que sale, ensangrentado y atónito, de esa noche oscura que es el vientre de su madre, no podía hacer otra cosa que echarme a llorar. Del otro lado de los árboles me fue llegando, constante, el rumor de las voces rápidas y chillonas y el olor matricial de ese río desmesurado, hasta que por fin me quedé dormido.

Algo tibio me despertó: como me había dejado caer boca arriba, la cabeza hacia el exterior cerca del hueco de la entrada y las piernas hacia el fondo del recinto, el sol mañanero me daba de lleno en la cara. Me quedé un buen rato echado en el suelo, reconstruyendo de a poco la realidad, para ver si de verdad estaba despierto, y por fin me incorporé. Las fogatas que había visto la noche antes estaban apagadas, el sol alto. Había luz de verano, canto de pájaros, rocío. En el pasto húmedo, la luz se descomponía en gotas de colores diferentes que, cuando movía la cabeza, destellaban, diminutas e intensas. Los ruidos sueltos que llegaban del caserío repercutían hacia el cielo, de un azul intenso y parejo, y demoraban en extinguirse. Más allá de los árboles se divisaba gente atareada: antes de empezar a caminar en esa dirección, me quedé un momento inmóvil, cerca del montón de ceniza que había sido la hoguera de la víspera, y me puse a mirar a mi alrededor: el caserío, disperso y endeble, parecía extenderse bastante tierra adentro, porque desde donde estaba parado podían verse fragmentos de paredes de adobe y de techumbres de paja que se perdían entre los árboles sin orden aparente. Aparte de los que venían de la playa, ningún otro ruido interrumpía el silencio tranquilo de la mañana. La luz del sol se colaba por entre el ramaje espeso de los árboles y estampaba, aquí y allá, entre las hojas, en la pared de una vivienda, en el suelo, manchas inmóviles y luminosas. Cuando me puse a caminar en dirección, a la playa, un hombre completamente desnudo que atravesaba el grupo de árboles en dirección contraria y que traía las manos y los antebrazos ensangrentados hasta más arriba de los codos, se detuvo un momento al verme y comenzó a dirigirme la palabra en su lengua incompresible, con la misma naturalidad de los marineros con lo que me cruzaba a la mañana encubierta, para intercambiar dos o tres frases convencionales. Cuando vio que yo entendía poco y nada de lo que me estaba diciendo, el hombre me dirigió una sonrisa confundida y cortés y se dirigió al caserío. Yo seguí caminando entre los árboles, seguro ya de que estaba entre gente hospitalaria y abandonándome un poco a la perfección plácida de la mañana. Pero cuando dejé atrás los árboles, desembocando en el espacio abierto detrás del cual destellaba el agua, pude ver, de golpe, y en forma inesperada, cuál era la causa de los ruidos que había estado oyendo desde el momento en que abrí los ojos.

Los madrugadores de la tribu, una quincena de hombres desnudos, divididos en dos grupos, realizaban, de un modo rápido y preciso, tal como parecía ser su costumbre, dos tareas diferentes: el primer grupo construía, valiéndose de palos y de troncos, unos implementos de los que únicamente al observar el trabajo al que se dedicaban los hombres del segundo pude darme cuenta que se trataba de tres grandes parrillas porque, en efecto, los hombres del segundo grupo, al que sin duda debía pertenecer el indio ensangrentado y afable con el que me acababa de cruzar bajo los árboles, munidos de unos cuchillitos que parecían de hueso, decapitaban, con habilidad indiscutible, los cadáveres ya desnudos de mis compañeros que yacían en un gran lecho de hojas verdes extendido en el suelo. De los cadáveres, alineados con prolijidad, los cuatro que conservaban todavía la cabeza parecían mirar, con gran interés, el cielo azul, en tanto que las cinco cabezas ya seccionadas (la restante estaba en ese momento separándose para siempre, gracias al cuchillito de hueso, del cuerpo que había coronado durante años), se alineaban también, dando la ilusión de apoyarse en sus propias barbas, sobre la alfombra de hojas frescas. Dos de los indios empezaban ya, munidos de cuchillos y de hachas rudimentarias pero eficaces, a abrir, desde el bajo vientre hasta la garganta, uno de los cadáveres decapitados. El que estaba decapitando al capitán —porque cuando miré con más atención pude comprobar que el aire ausente de ese cuerpo desnudo cuya cabeza, que estaba siendo seccionada en ese momento reposaba, para mayor comodidad, como la de un niño adormilado en el regazo de su madre, en las rodillas de su propio degollador, era el del capitán— se distrajo un momento de su tarea, alertado sin duda por la intensidad de mi asombro silencioso, y, dirigiéndome una sonrisa llena de simpatía y de simplicidad, sacudiendo la mano que blandía el cuchillo, exclamó *Def-ghi, Def-ghi,* y señaló con el dedo el cadáver que estaba decapitando. Algo ridículo debía haber en mi expresión, porque uno de los que estaban despedazando el primer cadáver hizo un comentario en voz alta, sin dejar de hundir su cuchillo en el pecho sanguinolento, y los que alcanzaron a oírlo se echaron a reír a carcajadas. Fue en ese momento en que la conciencia exacta de lo que se avecinaba me vino a la cabeza, de modo que me di vuelta y me eché a correr.

Al hacerlo me fui alejando, sin proponérmelo, de la playa y de las construcciones, desplazándome, por entre los árboles paralelo al río. Corrí hasta que empezó a faltarme el aire y mi respiración se hizo tan rápida y tan fuerte que al fin me paré, me apoyé contra un árbol, y por un momento quedé como ciego de cansancio y de furor, y me tendí en el suelo, donde me fui tranquilizando poco a poco. Echado boca arriba podía ver las copas de los árboles en las que las hojas superiores destellaban al sol ya alto. Esto que está pasando, pensaba, es mi vida. Esto es mi vida, mi vida, y yo soy yo, yo, pensaba, mirando las hojas inmóviles que dejaban ver, aquí y allá, porciones de cielo. La impasibilidad con que los indios me habían visto echarme a correr indicaba que la posibilidad de que me escapase no se les cruzaba ni siquiera remotamente por la cabeza. En esa tierra muda y desierta, no debía haber lugar dispuesto a recibirme: todo me parecía arduo y extraño —y de esos pensamientos me sacaron, próximas y múltiples, voces infantiles. Me incorporé despacio y me quedé inmóvil, volviendo, atenta, la cabeza en la dirección de la que las voces parecían provenir. Después, gateando sin hacer ruido, avancé entre los matorrales, hasta que me detuve cuando pude verlos, en la proximidad del agua.

Eran una veintena de niños, varones y mujeres, de los cuales los mayores no tendrían más de diez años y los más chicos no menos de tres o cuatro. Todos estaban desnudos y se entretenían, saludables y felices, en la orilla del río. El juego al que jugaban era simple y extraño: primero se ponían todos en fila, unos detrás de otros, paralelos al río, hasta que, uno a uno, se dejaban caer al suelo, donde quedaban inmóviles, como muertos o dormidos. Cuando el último de la fila había caído, los demás corrían a ponerse detrás de él, que se incorporaba, y el juego recomenzaba. Más tarde la fila se convertía en un círculo pero, a diferencia de las rondas que había visto en mi infancia, los niños no se ponían unos frente a otros, mirando el centro del círculo, sino uno detrás del otro, apoyando las manos en los hombros del que iba adelante, de modo tal que el círculo se formaba cuando el primero de la fila apoyaba sus manos sobre los hombros del último. A veces la fila, sin que sus componentes se dejaran caer, se desplazaba un largo trecho en línea recta hasta que, llegados a un punto determinado, los niños se dispersaban, golpeando las manos y riéndose o discutiendo entre ellos, como si una parte del juego hubiese terminado y se estuviesen dando un descanso rápido antes de recomenzar. Después se dispusieron de una manera más compleja, formando una figura de la que comprendí que se trataba de una espiral únicamente cuando se pusieron a girar. Estuvieron componiendo y recomponiendo durante un buen rato esas figuras, dispersándose de tanto en tanto en medio de la alegría general y de los comentarios más entusiastas y acalorados, hasta que por fin se dejaron caer en el pasto que bordeaba la orilla y descansaron, jadeantes y plácidos. Pasado un momento, uno de ellos, de no más de siete años, se paró y se quedó unos minutos apartado del grupo, reflexionando o concentrándose, hasta que volvió a acercarse, modificando sus gestos y su manera de andar, como si representara algún personaje; los demás lo recibieron con risas y exclamaciones que parecían estimularlo, ya que sus gestos y su andar paródico se volvían cada vez más exagerados, y en determinado momento comenzó a acompañarlos con frases o palabras que sus compañeros festejaban sacudiendo la cabeza y lanzando gritos que llegaban, debilitados, hasta el lugar desde el que yo estaba observándolos. Al final el actorcito pareció cansado, o el entusiasmo de su público decreció, de modo que volvió a sentarse en el suelo; se quedaron todos serios, tranquilos, descansando, y cuando por fin se levantaron y, bordeando el agua, desaparecieron entre la maleza y los árboles en dirección al caserío, permanecí todavía unos minutos contemplando el espacio vacío que habían estado ocupando, como si hubiesen dejado, detrás de su presencia bulliciosa, algo impalpable y benévolo que despertaba, en quien llegaba a percibirlo, no únicamente dicha sino también compasión por una especie de amenaza ignorada y común a todos que parecía flotar en el aire de este mundo.

Como si esos sentimientos me tironearan, dulces y convincentes, me incorporé y empecé a caminar, despacio, hacia la aldea, fortalecido tal vez por esa convicción de inmortalidad tan común en la juventud. Algo me decía que no me ocurriría nada grave. Y, en efecto, cuando comencé a divisar los primeros techos de paja medio ocultos entre los árboles y a *cruzar* los primeros indios que iban y venían, al parecer muy atareados, no me sorprendieron la cortesía y la satisfacción con que me saludaban. Algunos se acercaban para tocarme con la suavidad acostumbrada, otros se paraban al verme llegar y, gesticulando con entusiasmo, proferían un párrafo en esa lengua incomprensible, con sus voces rápidas y chillonas. Naturalmente, el sempiterno *Def-ghi, Def-ghi* resonaba, continuo, en la sombra soleada.

Al fin desemboqué en la playa. Con alivio comprobé que ya no quedaba, en la pila de carne despedazada que yacía sobre el lecho de hojas verdes, nada que pudiese recordarme a mis compañeros de expedición. Las cabezas habían desaparecido. En cuanto a las parrillas de madera, parecían listas, del mismo modo que el montón de leña que habían ido trayendo durante mi ausencia. Me aproximé: uno de los hombres se acuclillaba en ese momento y, haciendo girar, con rapidez y pericia, frotándolo con la palma de las manos, un palito puntiagudo sobre un pedazo de madera medio tapado de hojas secas, produjo, después de unos minutos, un hilito de humo débil que empezó a subir de las hojas hasta que éstas dejaron ver, diminuta pero firme, una llamita azulada. Con satisfacción y cuidado los otros, que habían estado observando el trabajo del indio acuclillado, empezaron a arrimar, a la llama que iba en aumento, hojas y ramas secas hasta que, cuando la fogata pareció lo suficientemente avanzada, se pusieron a encimar, por sobre las llamas, pedazos de leña.

Del caserío, a medida que la hoguera iba creciendo, llegaban rápidos, hombres, mujeres, niños, y se ponían a contemplar las llamas. Algunos miraban, con deleite evidente, la carne apilada. Jóvenes y viejos, hombres y mujeres, hasta las criaturas que había visto jugando un rato antes en la orilla del río, participaban de la misma alegría sencilla y despreocupada que provocaba en ellos el espectáculo de la hoguera y de la pila de carne que yacía sobre el lecho fresco de hojas recién cortadas. Parecían nítidos, compactos, férreos en la mañana luminosa, como si el mundo hubiese sido para ellos el lugar adecuado, un espacio hecho a su medida, el punto para una cita en el que la finitud es modesta y ha aceptado, a cambio de un goce elemental, sus propios límites. No tardaría en darme cuenta del tamaño de mi error, de la negrura sin fondo que ocultaban esos cuerpos que, por su consistencia y su color, parecían estar hechos de arcilla y de fuego.

Con unos palos largos, tres hombres iban retirando las brasas que se formaban en el núcleo de la hoguera y las diseminaban bajo las parrillas, probando la temperatura con el dorso de la mano que pasaban, lentos, casi a ras del fuego. Por fin, cuando consideraron que el fuego era suficiente, comenzaron a acomodar los pedazos de carne: los troncos y las piernas habían sido divididos para facilitar la manipulación y la cocción; los brazos, en cambio, estaban enteros. Como me pareció ver que la carne traía pegados, aquí y allá, fragmentos de una materia oscura, induje que debían haber arrastrado los pedazos, por descuido, en el suelo, y que debían habérseles adherido hojas secas y ramitas, e incluso tierra, pero cuando me acerqué unos pasos para ver mejor comprobé que, no solamente la carne no había sido tratada con negligencia sino que, muy por el contrario, había sido objeto de una atención especial, porque lo que yo había confundido con adherencias extrañas debidas al contacto con la tierra no era otra cosa que una especie de adobo hecho con hierbas aromáticas destinadas a mejorar su gusto.

La disposición de la carne en las parrillas, realizada con lentitud ceremoniosa, acrecentó la afluencia y el interés de los indios. Era como si la aldea entera dependiese de esos despojos sangrientos. Y la semisonrisa ausente de los que contemplaban, fascinados, el trabajo de los asadores, tenía la fijeza característica del deseo que debe, por razones externas, postergar su realización, y que se expande, adentro, en una muchedumbre de visiones; no ardían, esos indios, en presencia de la carne, de un fuego menos intenso que el de la pira que se elevaba junto a las parrillas. A pesar de la expresión, semejante en todos, se adivinaba en cada uno de ellos la soledad súbita en que los sumían las visiones que se desplegaban, ávidas, en su interior, y que ocupaban, como un ejército una ciudad vencida, hasta los recintos más oscuros. Una criatura de dos o tres años que se acercó, bamboleándose, y, para hacerse alzar en brazos, comenzó a golpear con sus manitos el muslo de la que parecía su madre, fue rechazada, con un empujón suave pero firme, sin que su madre desviase, ni siquiera por un segundo, su mirada fija en los pedazos de carne que ya empezaban a chirriar sobre las brasas. Habían abandonado hasta la actitud deferente con que se dirigían a mi persona y, para aquellos en cuyo campo visual yo me encontraba, se hubiese dicho que me había vuelto transparente: si la interferencia de mi cuerpo ocultaba la parrilla, daban un paso al costado, dirigiéndome, por pura forma, una sonrisa rápida y mecánica, con esa concentración obstinada del deseo que, como lo aprendería mucho más tarde, se vuelca sobre el objeto para abandonarse más fácilmente a la adoración de sí mismo, a sus construcciones imposibles que se emparentan, en el delirio animal, con la esperanza.

Únicamente los asadores, que manipulaban sus palos largos con los que iban trayendo, de la hoguera del costado, brasas que diseminaban con cuidado, parecían ajenos al éxtasis general. Vigilaban, tranquilos y atentos, los detalles de la cocción, observando, por entre el humo que los hacía lagrimear, de lo más cerca que podían, la carne, alimentando con brasas nuevas la capa de ceniza en que se convertían las ya consumidas, apagando, con golpes cortos pero hábiles, las llamas que formaba a veces la grasa en fusión al gotear, escurriéndose por las parrillas, sobre el fuego. Recorrían, lentos y sudorosos, por todos los costados, las parrillas, observando los detalles, y a veces se paraban para lanzar una mirada entendida sobre el conjunto. Todos estaban ahí y eran, aparentemente, reales, los asadores tranquilos y expertos, la muchedumbre a la que algo intenso y sin nombre consumía por dentro como el fuego a la leña y, envolviéndolos, abajo, encima, alrededor, la tierra arenosa, los árboles a los que ninguna brisa sacudía y de los que pájaros, con vuelos inmotivados y súbitos, entraban y salían, el cielo azul, sin una sola nube, el gran río que cabrilleaba y, sobre todo, subiendo, lento, ya casi en el cénit, el sol árido, llameante, del que se hubiese dicho que esas hogueras que ardían ahí abajo no eran más que fragmentos perdidos y pasajeros. Tierra, cielo vacío, carne degradada y delirio, con el sol arriba, pasando, desdeñoso y periódico, por los siglos de los siglos: así se presentaba, ante mis ojos recién nacidos, esa mañana, la realidad.

Una gritería me sacó, viniendo desde el río, de mi ensueño: más comensales llegaban por agua, en sus grandes embarcaciones. Al oírlos, muchos de los que contemplaban la carne corrieron a recibirlos a la orilla, agregando, al bullicio de los que llegaban, su propia gritería. Algunos empezaban su conversación desde la embarcación misma, sin preocuparse de saber si eran escuchados o no por los que atravesaban la playa corriendo, otros se empeñaban en bajar, a pesar de la escasa estabilidad de las embarcaciones, unas vasijas enormes que requerían la fuerza de varios hombres para dejarse manipular, otros saltaban, contentos y despreocupados, de la embarcación a tierra firme, sin interesarse en los que venían a su encuentro, a tal punto que los que habían venido a recibirlos se cruzaron con ellos en medio de la playa sin intercambiar ningún saludo, de modo tal que un grupo corría del agua a las parrillas y el otro de las parrillas al agua, ignorándose mutuamente. En los primeros, el interés se centraba en los pedazos de carne; en los segundos, en las vasijas que los que se habían abocado a la tarea ponían tanto cuidado y esfuerzo en transportar. Los que habían saltado de las canoas, que eran unos quince, se pararon, de golpe, detrás de los asadores y se pusieron a contemplar las parrillas desmesuradas, con la misma expresión contenida y maravillada, un poco ausente, con que venían haciéndolo desde hacía un buen rato los habitantes de la aldea; en cambio, los otros, los que habían ido al encuentro de las embarcaciones, acompañaban ahora en su marcha a los que traían las vasijas, arracimándose en torno a ellos, mirando el contenido de los recipientes, medio inclinados hacia adelante y apretados entre sí, como si estuviesen reteniendo mutuamente su agitación, y sin proponer su ayuda, a pesar del peso evidente de las vasijas y del esfuerzo que hacían los que las transportaban para no volcar el contenido. Sin siquiera detenerse un segundo ante las parrillas ni dirigir una sola mirada a los que las contemplaban, hechizados, a su alrededor, los que transportaban las vasijas continuaron un trecho en dirección al caserío y depositaron en fila, con el mismo cuidado con que habían venido trayéndolas, las vasijas bajo la sombra fresca de los árboles. Después se dieron vuelta y, avanzando unos pasos, se mezclaron a la gente de la aldea y se pusieron a contemplar las parrillas.

La carne humeaba, despacio, sobre el fuego. Al derretirse, la grasa goteaba sobre las brasas, produciendo un chirrido constante y monótono, y por momentos formaba un núcleo breve de combustión, acrecentando la humareda y atrayendo la atención de los asadores que se inclinaban, interesados, y se ponían a remover el fuego con sus palos largos. El silencio de los indios era tan grande que, a pesar de la muchedumbre que rodeaba las parrillas no se oía nada más que la crepitación apagada de la leña y la cocción lenta de la carne sobre el fuego. De la carne que iba asándose llegaba un olor agradable, intenso, subiendo junto con las columnas de humo espeso que demoraban en disgregarse hacia el cielo. El origen humano de esa carne desaparecía, gradual, a medida que la cocción avanzaba; la piel, oscurecida y resquebrajada, dejaba ver, por sus reventones verticales, un jugo acuoso y rojizo que goteaba junto con la grasa; de las partes chamuscadas se desprendían astillas de carne reseca y los pies y las manos, encogidos por la acción del fuego, apenas si tenían un parentesco remoto con las extremidades humanas. En las parrillas, para un observador imparcial, estaban asándose los restos carnosos de un animal desconocido.

Estas cosas son, desde luego, difíciles de contar, pero que el lector no se asombre si digo que, tal vez a causa del olor agradable que subía de las parrillas o de mi hambre acumulada desde la víspera en que los indios no me habían dado más que alimento vegetal durante el viaje, o de esa fiesta que se aproximaba y de la que yo, el eterno extranjero, no quería quedar afuera, me vino, durante unos momentos, el deseo, que no se cumplió, de conocer el gusto real de ese animal desconocido. De todo lo que compone al hombre lo más frágil es, como puede verse, lo humano, no más obstinado ni sencillo que sus huesos. Parado inmóvil entre los indios inmóviles, mirando fijo, como ellos, la carne que se asaba, demoré unos minutos en darme cuenta de que por más que me empecinaba en tragar saliva, algo más fuerte que la repugnancia y el miedo se obstinaba, casi contra mi voluntad, a que ante el espectáculo que estaba contemplando en la luz cenital se me hiciera agua a la boca.

Durante el tiempo que duró la cocción, la tribu entera permaneció inmóvil, en las inmediaciones de las parrillas, contemplando con su semisonrisa ausente la carne que iba dorándose entre las columnas de humo, anchas y espesas, que subían sin disgregarse. Tan grande era la inmovilidad de esa gente, tan absortos estaban en su contemplación amorosa, que empecé a pasearme entre ellos y a observarlos en detalle, como si hubiesen sido estatuas; por no parecer descorteses, algunos me dirigían gestos rígidos y rápidos, sin desviar la vista de la carne; uno solo, molesto por mi merodeo inoportuno, murmuró algo y me lanzó una mirada impaciente. Anduve largo rato entre esos cuerpos desnudos y sus sombras encogidas que el sol de mediodía estampaba en la arena hasta que, en medio de ese silencio casi total, se oyó la voz de uno de los asadores, invitando a los indios a aproximarse sin duda, ya que de la muchedumbre se elevó, súbito, una especie de clamor, y, precipitándose todos al mismo tiempo, los indios, en un estado de excitación inenarrable, se amontonaron junto a las parrillas, empujándose unos a otros y tratando de ganar un lugar favorecido cerca de los asadores.

La inminencia del banquete los volvía ansiosos: podía verlos apiñándose alrededor de las parrillas y mostrando, por los gestos que realizaban sin darse cuenta, su nerviosidad: algunos, como criaturas, cambiaban de pie de apoyo una y otra vez, como si el peso de sus cuerpos los fastidiara, otros, al menor roce, les daban a sus vecinos un empujón violento; muchos se rascaban, con furia distraída, la espalda, los cabellos, las axilas, los genitales; algunos, sosteniéndose en un solo pie se rascaban, con las uñas del otro, como ausentes, la pantorrilla oscura y musculosa hasta hacerla sangrar. Yo me mantenía a distancia, observándolos, y apenas si podía ver los círculos exteriores de la muchedumbre. Tan apretados estaban, que los más mínimos gestos de un individuo sacudían su vecindad de modo tal que el estremecimiento se propagaba a toda la tribu, como los estremecimientos que ocasiona una piedra en el agua. Por esta razón, cuando los que estaban en el círculo más cercano a los asadores empezaron a moverse, bruscamente, la muchedumbre entera se sacudió, siguiendo el impulso que parecía común a todos los individuos: instalarse lo más cerca posible de las parrillas. Esta tendencia general estaba en contradicción con los esfuerzos de los de las primeras filas que, como pudo verse unos minutos después, habiendo ya obtenido un pedazo de carne, trataban de abrirse paso hacia el exterior.

El primero que apareció era un hombre ni joven ni viejo, con la misma piel oscura y lustrosa que el resto de la tribu, el pelo largo y lacio, los miembros musculosos, los genitales colgándole olvidados entre las piernas, el cuerpo sin vello a no ser un matorral ralo en el pubis. Había algo cómico en la manera en que sostenía el pedazo de carne que sin duda debía estar quemándole las manos y al que contemplaba, en hechizo amoroso, con la cabeza baja que logró erguir durante unos pocos segundos buscando, a su alrededor, un lugar apropiado para instalarse a devorar. Cuando lo encontró —un punto bajo los árboles, estratégicamente próximo de las vasijas mantenidas al fresco—, se sentó en el suelo, apoyando la espalda contra el tronco de un árbol, y empezó a comer.

Antes del primer bocado se sumió, durante unos segundos, en la contemplación de su pedazo con expresión de incredulidad, como si el momento tan esperado, al actualizarse, viniese a satisfacer un deseo tan intenso que el tamaño del don recibido hiciese dudar de su realidad. Después, convencido por la presencia irrefutable de la carne, empezó a masticar: cada bocado, en lugar de apaciguarlo, parecía aumentar su apetito, de modo tal que el intervalo entre bocado y bocado iba haciéndose cada vez más breve, hasta que sus inclinaciones rápidas de cabeza hacían pensar menos en la aferrabilidad firme y segura de los dientes que en la obstinación repetitiva y superficial de un picoteo, a tal punto que, como tenía todavía la boca llena de carne que apenas si lograba masticar, el indio no arrancaba de su pedazo, con sus dentelladas rápidas y sucesivas, más que unos filamentos grisáceos que no llegaban a constituir, aisladamente, verdaderos bocados. Se hubiese dicho que había en él como un exceso de apetito que no únicamente crecía a medida que iba comiendo, sino que además, por su misma abundancia, hecha de gestos incontrolables y repetidos, anulaba o empobrecía el placer que hubiese podido extraer de su presa. Parecía más él la víctima que su pedazo de carne. En él persistía una ansiedad que ya estaba ausente en su presa. Cuando desvié la vista del indio para mirar la multitud, la escena que iluminaba el sol arduo me recordó, de un modo inmediato, la actividad febril de un hormiguero despojando una carroña: un núcleo apretado de cuerpos arremolinándose, llenos de excitación y de apuro, junto a las parrillas y, separados de la mancha central de la muchedumbre, los individuos que iban y venían, a buscar un primer pedazo si todavía no habían comido o un segundo si ya habían terminado el primero, desprendiéndose del tumulto apretado que se estremecía cerca de los asadores, con un pedazo de carne en la mano, para ir a comerlo tranquilos bajo los árboles, parecidos a las hormigas también por la rapidez de la marcha, por las vacilaciones antes de ceder el paso si por las dudas se interceptaban dos que venían en sentido opuesto, como hacen las hormigas cuando se topan en un senderito, y hasta por la frecuencia y la rapidez con que iban y venían a las parrillas, con ansiedad creciente.

En todos esos indios podía verse el mismo frenesí por devorar que parecía impedirles el goce, como si la culpa, tomando la apariencia del deseo, hubiese sido en ellos contemporánea del pecado. A medida que comían, la jovialidad de la mañana iba dándole paso a un silencio pensativo, a la melancolía, a la hosquedad. Rumiaban sus bocados con el mismo ritmo lento, olvidadizo, con el que se enfangaban en quién sabe qué pensamientos. A veces, deteniendo la masticación, la mejilla hinchada por el bocado a medio macerar, la espalda apoyada contra el tronco de un árbol, se quedaban un buen rato con la mirada fija en el vacío. El banquete parecía ir disociándolos poco a poco, y cada uno se iba por su lado con su pedazo de carne como las bestias que, apropiándose de una presa, se esconden para devorarla de miedo de ser despojadas por la manada, o como si el origen de esa carne que se disputaban junto a la parrilla los sumiese en la vergüenza, en el resquemor y en el miedo. A veces se veía, reunida bajo un árbol o en el gran espacio abierto y arenoso que separaba los árboles del río, lo que parecía ser una familia, ya que el grupo, separado de los demás, estaba compuesto de viejos, adultos, criaturas, y porque, en todos los casos, alguno de los viejos, o de los adultos, distribuía entre los demás pedazos de carne que iba a buscar a las parrillas pero, aunque se mantuviesen materialmente próximos, apenas recibían un pedazo de carne parecían hundirse en ese silencio hosco del que no quedaban a salvo ni siquiera los niños. En algunas caras se percibía la atracción y la repulsión, no repulsión por la carne propiamente dicha, sino más bien por el acto de comerla. Pero no bien terminaban un pedazo, se ponían a chupar los huesos con deleite, y cuando ya no había más nada que sacarle, se iban a toda velocidad a buscar otra porción. El gusto que sentían por la carne era evidente, pero el hecho de comerla parecía llenarlos de duda y confusión.

No se veía, a mi alrededor, más que gente que masticaba, en el sol que iba pasando el cénit, que le daba a los cuerpos sudorosos reflejos oscuros y que hacía cabrillear, cerca de las orillas, el agua lenta del gran río. La única excepción a esa manducación general eran los asadores, que seguían vigilando, sobrios y tranquilos, los restos de carne y el fuego que los cocinaba. Al dispersarse, los comensales habían dejado de ocultar las parrillas con sus cuerpos apiñados, y yo podía ver cómo los asadores, con sus cuchillitos de hueso, iban cortando los pedazos de los grandes restos de carne para dárselos a los que se inclinaban hacia ellos solicitando una segunda e incluso una tercera porción. Por la expresión tranquila que mostraban, podía verse que los asadores no probaban la carne.

La comida duró horas. A pesar de la rapidez con que masticaban, la espera junto a las parrillas cada vez que querían servirse otra presa, la distribución de los pedazos en los grupos que se formaban bajo los árboles, el empecinamiento con que arrancaban de cada hueso hasta los últimos filamentos de carne y, al final, la demora con que se obstinaban en tragar los últimos bocados cuando parecía evidente que ya estaban repletos, alargaba la duración del banquete. Algunos descansaban un rato, esperando que bajara un poco lo que ya habían tragado, y después se iban a buscar otro pedazo.

Cuando la tribu pareció satisfecha, una especie de somnolencia se apoderó de los cuerpos diseminados bajo los árboles. Yo estaba observándolos cuando, de detrás de las construcciones de techo de paja, un indio que parecía en ayunas, dado el aire afable con que se encaminó hacia donde yo estaba, empezó, por medio de gestos rápidos y nada perentorios, a indicarme que lo siguiera. Atravesamos el espacio arbolado, dejamos atrás algunas casas y, en una especie de terreno reducido en medio del cual crecían dos o tres árboles y al que circundaba una serie de construcciones, encontrarnos a un grupito de indios que preparaban, silenciosos y tranquilos, pescados a la parrilla. *Def-ghi, de-fghi,* dijeron algunos, señalándome complacidos, y, juntando los dedos por las yemas y sacudiéndolos hacia la boca abierta, me significaron el acto de comer. La escena contrastaba de un modo evidente con la que había estado desarrollándose hasta hacía unos momentos antes en la playa: la calma y la simplicidad con que esos hombres preparaban su comida, en la parrillita asentada sobre cuatro troncos enterrados en el suelo, la sencillez de su comida, y la actitud generosa y paternal con que me invitaron a compartirla me hicieron creer, por un momento, que esos hombres no pertenecían a la tribu. Poco a poco, sin embargo, empecé a reconocerlos: eran los que habían estado descuartizando los cadáveres y a su vez, como lo sabría mucho más tarde, cuando empezaría a conocer poco a poco las costumbres de la tribu, aquellos cuyas armas habían exterminado al capitán y al resto de mis compañeros.

Mis huéspedes me observaban comer con satisfacción discreta, con placer, casi diría con ternura. Me invitaban a servirme más con delicadeza, con sencillez generosa. Austeros, en la siesta apacible, bajo la sombra fresca de los árboles, se abandonaban a sus recuerdos tranquilos intercambiando, de tanto en tanto, monosílabos cordiales. Eran como una medalla dura y redonda, moldeada en algún metal noble del que el resto de la tribu, dispersa en la playa, parecía el sobrante hirviente, oscuro y sin forma. Cuando nuestra comida acabó, mis huéspedes apagaron, diestros, el fuego, se lavaron, limpiaron el espacio sobre el que se abrían las habitaciones y se dispersaron no sin antes saludarme, corteses, con sus voces rápidas y chillonas. Algunos se dirigieron hacia la playa, otros hacia el monte espeso que había detrás, otros penetraron en las construcciones que rodeaban el claro. Sentado solo a la sombra, sentí voces y ruidos que llegaban hasta mí desde la playa, a través del silencio soleado. Me incorporé y me dirigí hacia el río.

Dos hombres discutían, violentos, cerca de las parrillas, enfrentándose hasta casi tocarse, echándose miradas brutales, separándose como si estuviesen por alejarse definitivamente y volviendo a enfrentarse de golpe, tan cerca uno del otro que temí varias veces que sus cabezas se entrechocaran. Sus voces chillonas se quebraban, alteradas por la furia. Por último se quedaron inmóviles, en silencio, a pocos centímetros uno del otro, mirándose, respirando rápido, y sus sombras, que el sol proyectaba en la misma dirección, parcialmente superpuestas en el suelo amarillento. Las dos caras enfrentadas expresaban la lucha inminente, el odio, el desdén. Y lo que llamaba la atención, sobre todo, era la indiferencia con que la tribu parecía observarlos —en el caso de los que observaban, porque la mayor parte ni siquiera miraba en dirección de los hombres que discutían. Esa indiferencia parecía mayor en los asadores, parecía incluso deliberada. Estaban vueltos de perfil, apoyados en sus palos, mirando un punto impreciso en dirección al río, como si se hubiesen propuesto no prestar atención a lo que estaba sucediendo en la playa o como si, por el contrario, supiesen exactamente lo que ocurría y simularan ignorarlo, por alguna razón para mí desconocida. Los otros miembros de la tribu, perdidos en su entresueño, o bien dejaban resbalar sus miradas indiferentes sobre los dos hombres o bien parecían ignorar completamente su presencia.

Habían terminado de comer; muy pocos ya —un viejo sin dientes, una criatura— chupaban, pensativos, algún hueso. En la parrilla no quedaba nada. Un hombre que tenía un hueso en la mano cruzó, maquinal, el espacio vacío, y tiró el hueso al fuego. Los asadores, inmóviles, apoyados en sus palos, ni se dignaron mirarlo. Los dos que habían estado peleándose desviaron bruscos la mirada y se alejaron en dirección opuesta, perdiéndose entre la muchedumbre de la que se había apoderado, a causa de la digestión, una somnolencia meditabunda. Algunos estaban estirados en el suelo, boca arriba; otros, parados, no menos inmóviles, con los ojos entrecerrados, parecían a punto de desplomarse. Algunos se habían trepado a los árboles y se habían instalado tratando de adecuar el cuerpo a las irregularidades de las ramas. Esa somnolencia parecía menos próxima del sueño que de la pesadilla. Las caras denunciaban las visiones tenaces que los asaltaban por dentro impidiéndoles dormir. Los ojos se removían, lentos, bajo las cejas fruncidas, y se reunían cerca de la nariz. Las miradas eran bajas y huidizas. En los cuerpos inmóviles, los dedos de los pies se agitaban, autónomos, traicionando lo que el resto del cuerpo pretendía disimular. Parecían atentos a lo que pasaba dentro de ellos, como si esperaran el efecto inmediato del festín y estuviesen sintiendo bajar, paso a paso, cada uno de los bocados ingeridos por los recovecos de sus cuerpos. Era como si estuviesen seguros de que, si a partir de cierto momento ningún efecto terrible se manifestaba en ellos, podían considerarse a salvo y ser capaces de deponer sin peligro su ansiedad vergonzosa. Parecían estar oyendo subir desde sí mismos un rumor arcaico.

Empezaron a sacudirse un poco a media tarde. Se paraban, desperezándose, pestañeaban varias veces, iban corriendo en dirección al río y se dejaban caer, bruscos, en la orilla. Parecían débiles, pesados, incluso cuando corrían. Las criaturas, que se habían mostrado tan vivaces a la mañana, se movían con una lentitud que no se sabía si era malhumor o modorra. Un grupo de indios empezó a aproximarse a las vasijas que reposaban bajo los árboles y a examinarlas con interés, aunque a distancia: algunos se ponían en puntas de pie y estiraban el cuello para tratar de ver, de lejos, el contenido. Otros daban, con exageración, muestras de impaciencia. Todos parecían serios y retraídos. Poco a poco, la tribu entera fue rodeando, aunque manteniéndose a distancia, las vasijas, de modo tal que quedó un espacio circular vacío alrededor de los árboles que las protegían del sol, y se quedaron inmóviles, mirando las vasijas, y removiéndose de tanto en tanto para ostentar impaciencia. Nadie hablaba, ni siquiera se miraba. De vez en cuando, volvían a ponerse en puntas de pie y estirando el cuello escudriñaban un punto impreciso detrás de los árboles, en dirección a las construcciones. Como a la media hora, un murmullo satisfecho se elevó de la muchedumbre: de las construcciones, algunos de los hombres que me habían convidado pescado se aproximaban trayendo consigo montones de pequeños recipientes vegetales. Alrededor de las vasijas, el círculo se estrechó un poco. Los hombres se abrieron paso entre la multitud, dejaron el montón de calabacitas en el suelo y, en silencio, empezaron a llenarlos con el contenido de las vasijas y a pasarlos entre la multitud.

Era evidente que se trataba de alcohol, porque cuando lo probaban, se producía en ellos un cambio, que en algunos era paulatino y en otros inmediato. Con los primeros tragos les volvía la vivacidad habitual, se les encendían las miradas, y la expresión general de sus rostros era casi alegre. Empezaban, otra vez, a salirse un poco de sí mismos, de esa actitud hosca y reconcentrada en que los había sumido la comida. Intercambiaban monosílabos rápidos, cordiales; algunos hasta se reían. La locuacidad aumentaba a medida que el brebaje disminuía en las vasijas: se hubiese dicho que se contaban historias, chistes, porque se formaban corrillos en los cuales uno de los miembros hablaba y, cuando terminaba, los que habían estado escuchándolo, con expresión contenta, silenciosos y atentos, se echaban a reír a carcajadas, sacudiéndose y dándose entre sí empujones suaves y gozosos. La animación era general y se hubiese dicho que iba en aumento. Era extraño verlos así, saliendo del pozo sin fondo en el que parecían haber caído durante la comida, en esa luz ya un poco menos cruel de la media tarde que mandaba al cielo, después de rebotar contra los árboles, reflejos verdosos. El rumor de las voces se desvanecía en el aire, en la luz amarilla, entre las hojas. Igual que con la comida, iban y venían a las vasijas a llenar una y otra vez las calabacitas que vaciaban de un trago. Eufóricos, daban, por momentos, la impresión de que, en vez de proferir voces humanas, iban a lanzar un grito animal. Sus cuerpos se ponían tensos, enhiestos. Los pechos se hinchaban, las cabezas se erguían y los miembros que habían perdido fuerza en la modorra de la digestión la recobraban hasta tal punto que los músculos resaltaban, duros y tirantes, del mismo modo que las venas. La piel parecía más lisa, más suave, más gruesa y más saludable. Las tetas de las hembras daban la impresión de inflarse o de florecer.

La plenitud corporal y el entusiasmo súbito, que los relacionaban armoniosamente a unos con otros, crecían en ellos como un mar interno, dejando adivinar la excitación inminente que volvería a dejarlos solos, otra vez, en la cárcel de los cuerpos. Lo que más me llamaba la atención al observarlos era la desnudez, que hasta un rato antes me había parecido natural y que ahora, sin saber muy bien por qué, me molestaba. Hasta ese momento los cuerpos habían sido un todo nítido, compacto, que se disimulaba en su propio olvido y en su abandono. A medida que los efectos del aguardiente aumentaban, los cuerpos parecían ostentar su desnudez, tenerla presente, girar, espesos, en torno de ella. Los genitales, ignorados hasta entonces, se despertaban. Los hombres, distraídos, se manoseaban la verga, o la tocaban, como al descuido, al pasar, bajando la mano hacia el muslo o hacia la cadera. En el modo de estar paradas, las mujeres se las ingeniaban para que las nalgas resaltasen o las caderas se volviesen prominentes. Más de uno se acariciaba, distraído, el propio cuerpo, o miraba la desnudez ajena con insistencia, sin decir palabra, como esperando del otro una actitud recíproca. Las idas y venidas hacia las vasijas iban haciéndose, entre tanto, cada vez más frenéticas, las voces, más altas —como si el rumor arcaico que hubiesen estado tratando, horas antes, de escuchar en sus cuerpos, estuviese ahora lindando con el grito.

Los hombres que me habían convidado pescado se abstenían también de alcohol y se limitaban, diligentes y diestros, a servir a los otros. No intervenían para nada en su conversación ni trataban de imponer ningún orden ni ninguna justicia en la distribución del brebaje. Un indio podía venir a instalarse cerca de las vasijas y hacerse llenar cinco o seis veces seguidas las calabacitas que vaciaba de un trago, otro, meter cuantas veces se le ocurriese su calabacita en las vasijas: los distribuidores de aguardiente mostraban, en uno u otro caso, la misma indiferencia. También ante la excitación creciente de la tribu se mostraban imperturbables. Se los sentía lejanos, inexistentes, como si ellos y el resto de la tribu perteneciesen a dos realidades distintas. La tribu únicamente les dirigía la palabra para pedirles alcohol, aunque la mayoría se limitaba a extender, perentoria, el recipiente.

Como un sol, la fiebre de esos indios subía, ardua, hacia su cénit. Algo ganaba sus gestos, sus movimientos, sus risas. La tribu entera se estremecía presa de una emoción desmesurada. Hasta cierto momento, parecía ser por descuido que los hombres se rozaban, al bajar la mano, la verga. Más tarde, distraídos, mientras escuchaban alguna conversación, ya la metían en el hueco de la mano y, poco más o menos, se la acariciaban. De pronto, una mujer joven que había estado participando, un poco inquieta, de un corrillo, dio un salto al costado, olvidándose bruscamente de sus interlocutores y, plantándose en un claro, con las piernas firmes y bien abiertas, entrecerró los ojos y empezó a contonear, lenta, la parte superior de su cuerpo. Se ponía rígida, como una tabla, acariciando, con delicia evidente, su propia piel luminosa. Nadie, por el momento, parecía prestarle atención. La mujer puso las manos bajo sus tetas redondas y oscuras y, empujándolas desde abajo trataba de elevarlas para ponerlas al alcance de su lengua que buscaba, infructuosa, los pezones. Se ponía en puntas de pie, como si ignorara que las tetas no se aproximaban a la boca, sino que se elevaban al mismo tiempo que ella manteniendo la misma distancia, pero gracias a ese movimiento instintivo su cuerpo parecía más esbelto, sus músculos se ordenaban de otra manera, las nalgas se apretaban y se redondeaban y una especie de hoyo se le formaba en el flanco, al costado de la nalga, entre el nacimiento del muslo y la cadera. Como la lengua no lograba alcanzar los pezones, sin dejar de meterla y de sacarla, roja, rígida y puntuda, de la boca, la mujer se puso a bramar, mirándose los senos y estrujándoselos, moviéndolos como en círculo cuando se daba cuenta, por momentos, de que la lengua no los tocaba.

Un indio chico y musculoso se le acercó, contemplándola: tenía una verguita nerviosa, vertical, casi pegada al vientre del que era paralela. Obstinada en obtener el contacto de la lengua y los pezones, la mujer, que seguía bramando, lo ignoraba. Viniendo, despacio, por detrás de ella, el indio se le acercó, la consideró un momento, y después, con un salto suave, se pegó a ella, tan estrechamente que su miembro vertical desapareció en la raya que separaba las nalgas firmes y protuberantes, como si la zanja vertical hubiese sido un estuche hecho a su medida. Los brazos del indio rodearon a la mujer y sus manos se apoyaron sobre las manos que estrujaban los senos, sin que la mujer interrumpiese sus bramidos abstraídos y sin que el cuerpo atravesado de estremecimientos rígidos cambiase su posición precedente. Nada, en la expresión de la mujer, ni en su actitud general, denunciaba que hubiese advertido la presencia de ese cuerpo, chico y musculoso, que se pegaba, perentorio, al suyo, más redondo y más abundante. El hombre apoyaba el mentón entre los omóplatos de la mujer y trataba de inducirla, con los brazos, a inclinarse hacia adelante, o incluso, tal vez, a ponerse en cuatro patas, para poder sin duda penetrarla con su verguita vertical que se perdía en la muesca vertical que separaba las nalgas. Pero el cuerpo de la mujer seguía rígido, con las piernas abiertas, las nalgas hacia afuera, las manos que elevaban, estrujándolas, las tetas, la lengua roja y puntuda que entraba y salía y a la que los bramidos mal proferidos a causa justamente de su ir y venir continuo, llenaban de unos filamentos líquidos que escapaban también por las comisuras de los labios y dejaban regueros paralelos a los costados del mentón, y podían ser saliva o baba. Casi con rabia, el hombre seguía clavando, entre las salientes de los omóplatos, el mentón infructuoso. El resto de su cuerpo se pegaba, insistente, al de la mujer, más grande, hasta que la mujer sacó sus propias manos de los senos, estiró los brazos, separándolos del cuerpo y después, con un sacudón del cuerpo, inesperado y brusco, se desembarazó del hombre que fue a caer, de espaldas, en el suelo arenoso. Desdeñosa, la mujer, sin siquiera mirar hacia atrás, pareció salir de su trance y, con paso tranquilo, se perdió en dirección a los árboles. El hombre, como aturdido, se quedó mirándola. No parecía enojado ni humillado por lo que acababa de suceder. Su miembro, tan perentorio hasta hacía unos momentos, se desinfló de golpe y desapareció entre las piernas; su mirada vidriosa se perdía entre los árboles más con distracción que con indiferencia. Era evidente que la mujer que, como el norte a la brújula, había estado atrayéndolo, ya no ocupaba ningún lugar en sus pensamientos. También en los míos su presencia era incierta: había aparecido, brusca y obscena, ante mis ojos, en la transparencia del día y, después de desplegar en ella sus gestos inusuales, había desaparecido desdeñosa, entre la muchedumbre, no menos incierta dos o tres minutos después de su desaparición que ahora, sesenta años después, en que la mano frágil de un viejo, a la luz de una vela, se empeña en materializar, con la punta de la pluma, las imágenes que le manda, no se sabe cómo, ni de dónde, ni porqué, autónoma, la memoria.

Las paredes blancas, la luz de la vela que hace temblar, cada vez que se estremece, mi sombra en la pared, la ventana abierta a la madrugada silenciosa en la que lo único que se oye es el rasguido de la pluma y, de tanto en tanto, los crujidos de la silla, las piernas que, acalambradas, se remueven debajo de la mesa, las hojas que voy llenando con mi escritura lenta y que van a encimarse con las ya escritas, produciendo un chasquido particular que resuena en la pieza vacía —contra este muro espeso viene a chocar, si no es un entresueño rápido y frágil después de la cena, lo vivido. Si lo que manda, periódica, la memoria, logra agrietar este espesor, una vez que lo que se ha filtrado va a depositarse, reseco, como escoria, en la hoja, la persistencia espesa del presente se recompone y se vuelve otra vez muda y lisa, como si ninguna imagen venida de otros parajes la hubiese atravesado. Son esos otros parajes, inciertos, fantasmales, no más palpables que el aire que respiro, lo que debiera ser mi vida. Y sin embargo, por momentos, las imágenes crecen, adentro, con tanta fuerza, que el espesor se borra y yo me siento como en vaivén, entre dos mundos: el tabique fino del cuerpo que los separa se vuelve, a la vez, poroso y transparente y pareciera ser que es ahora, ahora, que estoy en la gran playa semicircular, que atraviesan, de tanto en tanto, en todas direcciones, cuerpos compactos y desnudos, y en la que la arena floja, en desorden a causa de las huellas deshechas, deja ver, aquí y allá, detritus resecos depositados por el río constante, puntas de palos negros quemados por el fuego y por la intemperie, y hasta la presencia invisible de lo que es extraño a la experiencia.

En ese ahora, de los indios parecía brotar un tumulto que se enredaba, en la altura, entre las hojas de los árboles y cuyo origen estaba en sus propios cuerpos. Ese tumulto mudo llenaba el espacio entero, los árboles que rodeaban la playa y el suelo arenoso en el que se proyectaban, largas, las sombras azules. Rumor de miembros tensos, de esfínteres, de poros, al que se mezclaban el hálito inaudible de los suspiros internos que no llegaban afuera para alterar el aire, y el estridor que producían, al reavivarse, las obsesiones carcomidas, los deseos no sabidos y condenados a apelmazarse y a pudrirse en la negrura húmeda y sin fondo del propio ser, las apetencias arduas que corroen, como un fuego ignorado y frío, el firmamento interno y van llevándolo, insensiblemente, a la muerte. De las miradas lánguidas los indios pasaban, sin transición, al toqueteo. Había quienes se estiraban en el suelo como para descansar, arrastrando consigo a sus vecinos que, blandos, se dejaban llevar, quienes se abrían como flores o como bestias, quienes se paseaban buscando, entre la multitud, el objeto adecuado a su imaginación, con la minuciosidad descabellada del que quiere hacer coincidir, como si estuviesen hechos de la misma pasta, lo interno y lo externo. No tenían en cuenta ni edad ni sexo ni parentesco. Un padre podía penetrar a su propia hija de seis o siete años, un nieto sodomizar a su abuelo, un hijo verse seducido, como por una araña húmeda, por su propia madre, una hermana lamer, con placer evidente, las tetas de su hermana. Aquí y allá, algunos solitarios, echados boca arriba o con la espalda apoyada contra un árbol, se abandonaban, recomenzando una y otra vez, al placer de Onán.

El crepúsculo se llenó de jadeos, de gritos ahogados, de suspiros, de estertores, de lamentos. Algunos se solazaban en pareja, otros en trío, de a cuatro o cinco, y hasta en grupos de una docena o más. Una niña de no más de siete años, en cuatro patas, se entreabría, con dedos decididos, la vulva apretada, incitando, con ojos viciosos, por encima de su hombro, a un muchachón que esperaba, parado detrás de ella, con un palo liso y grueso y redondeado en la punta en una mano y que se acariciaba, anticipando su placer, la verga con la otra. Un hombre se flagelaba con una rama verde. Otros dos, echados de flanco en posición invertida se chupaban, mutuamente, como abstraídos, el miembro. Había quienes parecían acoplarse con un ser invisible porque, si eran hombres, hendían en vaivén el aire con la verga, y si eran mujeres, en cuatro patas en el suelo, sacudían la grupa y se contorsionaban como si realmente tuviesen alguien adentro, a tal punto que a veces se veía brotar la acabada como en un acoplamiento verdadero o se oía a las mujeres ponerse a gemir como cuando llegan, penetradas de veras, al paroxismo. La mujer que un poco antes se levantaba los senos para tratar de alcanzar los pezones con la punta de la lengua y que se había desembarazado, con un sacudón diestro, del hombre que había tratado de penetrarla, repetía sus ademanes obscenos en diferentes lugares, y cuando alguien se le acercaba abandonaba, brusca y desdeñosa, sus esfuerzos infructuosos y se alejaba sin darse vuelta, buscando un lugar tranquilo para recomenzar.

Como oscurecía, los indios que me habían convidado pescado

encendieron hogueras. Los cuerpos desnudos y sudorosos relucían al resplandor de las llamas. Una fogata encendida cerca de la costa se duplicaba en el río. Siluetas en actitudes inequívocas cruzaban, esporádicas y fugaces, la claridad chisporroteante para perderse otra vez en lo negro. Una masa informe de cuerpos, enredada en un acoplamiento múltiple se revolcó, por descuido o a propósito, en un lecho de brasas, y unos gritos terribles se mezclaban a los suspiros, a las exclamaciones y a los espasmos, mientras los cuerpos que se revolcaban levantaban, con sus contorsiones, del fuego removido, un chorro de chispas veloces. Los que acababan iban, todavía jadeantes, a recuperar sus fuerzas y su entusiasmo con el alcohol de las vasijas.

Aunque nos paseábamos sin descanso entre la tribu, se hubiese dicho que los que no participábamos en la orgía éramos invisibles, hasta tal punto la muchedumbre frenética nos ignoraba. Pasaban a nuestro lado sin siquiera dirigirnos una mirada —o, mejor, como si hubiésemos sido transparentes, sus miradas perdidas nos atravesaban buscando algo más real en qué posarse. Era como si deambuláramos por dos mundos diferentes, como si nuestros caminos no pudiesen, cualquiera fuese nuestro itinerario, cruzarse, como si paredes de vidrio nos separaran, ya que si, por ejemplo, una mujer avanzaba hacia nosotros abierta y estremecida, o bien al llegar a nuestro lado paraba de golpe y dando media vuelta se alejaba en dirección contraria, o bien pasaba de largo, ya que nosotros, como por instinto, nos hacíamos a un lado al verla llegar, y ella seguía, sin desviarse, su camino, como si no ocupásemos ningún lugar en el espacio y no hubiésemos estado allí, interceptando el vacío con nuestros cuerpos. Era fácil ver que, por dentro, la tribu estaba embarcada en un viaje sin fondo, y que únicamente los cuerpos, como una cáscara vacía, errabundeaban, de un abrazo a otro, a nuestro alrededor. Sobre nuestras cabezas fueron apareciendo, de una a una primero, de a puñados un poco más tarde, y sin término, como brasas, las estrellas. Con su fuego diverso —rojas, amarillas, verdes, azuladas— encendían el cielo negro, más tenues alrededor de la luna inmensa que, del otro lado del río, empezaba a subir. La luna lenta, que cortaba en dos, con una franja ancha, blanca y quebradiza, el vacío negro en que la noche había transformado a ese río infinito, proyectaba a través de los árboles unos rayos de luz cruda, blanca, que iluminaban fragmentos de cuerpos o de grupos de cuerpos, o esos rostros perdidos que se agitaban en la oscuridad vegetal.

La noche fue dejando, en la arena y el campo alrededor, entre ceniza espesa, pasto chamuscado, palos ennegrecidos por el fuego, un rastro de cuerpos abandonados. Algunos se agitaban todavía, entrelazados en abrazos maquinales, otros se movían de tanto en tanto, otros se quejaban, bajo, otros estaban completamente inmóviles. En el alba vacilante, un indio cruzó la playa en dirección al río, toqueteándose la nariz, que le sangraba. De uno que no se movía, estirado bajo un árbol, la boca contra el suelo arenoso, no pude decidir, inclinándome un poco para observarlo mejor, si estaba dormido o muerto. A medida que el alba azul subía, volviéndose incolora, antes de que el primer sol horizontal comenzara a dorar las copas de los árboles, los indios empezaron a reaparecer, tratando de desenredarse, infructuosos, del peso que parecía hacerlos recular hacia el centro de la noche. Oscilaban, indecisos, en el aire cintilante. Muchos seguían echados, remoloneando o incapaces de levantarse, y siete u ocho nunca más se levantarían. Uno se paró, vacilando unos momentos y quedándose inmóvil, pensativo, y después, de un modo brusco, se dio vuelta y empezó a golpearse la cabeza contra un árbol, cada vez con más violencia, hasta que cayó, sangrando por la boca y por los oídos. Algunos hablaban solos, en voz alta, o lloriqueaban. Cuando, todavía un poco pálida, se instaló la mañana, empezaron a dirigirse hacia las viviendas. En el claro que se abría en medio de ellas, varias marmitas de arcilla, enormes, hervían sobre un gran fuego. Algunos hombres sobrios revolvían su contenido; cuando me acerqué para mirar, comprobé que lo que se cocinaba adentro eran las vísceras y las cabezas de mis compañeros, mezcladas a legumbres desconocidas. Me alejé otra vez hacia el río, cruzando la muchedumbre que avanzaba en dirección opuesta, hacia las marmitas. Arrodillado en la orilla, un hombre trataba de vomitar en el agua. Tenía los ojos hinchados, la cara congestionada, y los brazos cruzados contra el vientre; parecía sufrir. Traté de odiarlo, pero no lo conseguí. Al verme, sus ojos se agrandaron un poco, delatando vaya a saber qué esperanza. *Def-ghi, def-ghi,* murmuró, como si sonriera, y quiso hacer un ademán, pero el cuerpo no le obedecía. Por fin, en un último espasmo, se desplomó en el agua. Durante varios días quedó ahí, la cara hundida en el río, sacudido por la corriente.

Las vísceras hervidas y los restos de alcohol mejoraron un poco, aunque no por mucho tiempo, el ánimo de los indios. Una vieja solitaria y tranquila cruzó la playa y se sentó cerca de la orilla, mirando el centro del río, a roer una cabeza ya casi descarnada. No quedaba más que una calavera de la que pendían filamentos cartilaginosos que la vieja, con sus pocos dientes, roía con ineficacia y distracción. Algunos se paseaban en grupo, hablando en voz alta, otros se acuclillaban, silenciosos, en círculo, evitando mirarse, inestables, nerviosos. Una mujer, en cuclillas bajo un árbol, defecaba, pensativa. Algunos grupos dispersos, practicaban todavía apareamientos imperfectos y extravagantes. Recién a media mañana se empezaron a calmar. En el aire luminoso, los últimos indios lentos errabundeaban en la playa amarilla, buscando algún lugar propicio al descanso. Entre tantos cuerpos abandonados, era difícil distinguir a los que estaban dormidos, muertos, o simplemente meditando con los ojos entrecerrados y respirando quedo. Los asadores se paseaban entre ellos, indiferentes, sin que una vez siquiera hubiesen parecido advertir su presencia. Yo me estiré a la sombra de un árbol y me dormí hasta el atardecer. Cuando desperté, el río estaba casi violeta y un indio acuclillado me sacudía con suavidad. *Def-ghi, Def-ghi,* decía, rozándome el brazo con la punta de los dedos. Cuando abrí los ojos, me sonrió y me indicó con la cabeza que lo siguiera. Otra vez, entre las viviendas del fondo, los asadores comían, modestos, sus pescados. Me convidaron, afables, y me dieron agua. La tribu, dispersa en las inmediaciones, seguía en su sopor.

La segunda noche, en lugar del tumulto de la primera se oyeron, hasta la mañana, susurros y sollozos entrecortados, diálogos apagados y fugaces, llamados sin esperanza, lamentos. Hablaban poco y despacio. Cuando yo me paseaba entre ellos me seguían, como sin fuerzas, con la mirada, y después de un momento sacudían la cabeza, bajaban la vista y algunos hasta se ponían a sollozar. Parecían criaturas enfermas y abandonadas. Al amanecer me topé con uno que, echado de costado en el suelo, hacía dibujos en la arena con un palito y los borroneaba enseguida con el borde de la mano. Durante el día entero se dedicó a esa ocupación.

Había muchos que parecían enfermos. Hacían muecas de dolor, se tocaban el cuerpo, tenían diarrea o estaban tirados en el suelo, respirando a duras penas, de tal modo que parecían asmáticos o moribundos. Tenían los ojos hinchados y entrecerrados, la cara congestionada, el pelo grasoso y opaco. Muchos estaban heridos o tenían la piel estropeada de quemaduras. A uno el brazo le colgaba cómo si se hubiese quebrado a la altura del codo y muchos rengueaban e incluso se arrastraban para desplazarse. Se los veía a menudo aproximarse al río para lavarse la cara acuclillándose en la orilla o refrescarse salpicándose el cuerpo con agua. Los que estaban heridos o enfermos expresaban su dolor aspirando fuerte con los dientes apretados y haciendo, chirriar la saliva. Uno, apoyado en un árbol, escupía sin parar, otro defecaba y se ponía a observar, con gran atención, sus excrementos, removiéndolos con la punta del dedo. El entusiasmo de los días anteriores se había borrado, dejándolos temerosos y maltrechos. Era como si el arco del deseo, después de lanzar sus flechas, hubiese reculado golpeándolos en plena cara y dejándolos aturdidos y dolientes. Los niños parecían viejos y los viejos niños; las mujeres se habían vuelto rudas y sin gracia como los hombres y los hombres blandos y frágiles como mujeres. A muchos le aparecían en la cara unos granos rojizos que terminaban en una punta blanca de pus. Dondequiera que fijara la vista no veía otra cosa que ojos huidizos y carne marchita. Contrastaban, como manchas oscuras y vacilantes, con la claridad firme del verano del que hasta la noche, con la luna inmensa y las estrellas sin límite, parecía sana y luminosa. Pero los asadores, con su discreción tranquila y sus cuerpos limpios y duros, mostraban que también había en esos indios una fuerza capaz de mantenerlos, compactos y nítidos en el día continuo, al abrigo de lo indistinto.

En los días que siguieron fueron saliendo, poco a poco, y no sin trabajo, de su ensimismamiento. Muchos necesitaron semanas, meses, y hubo, en el tiempo que siguió, muchas muertes en la tribu. Empezaron a levantarse, serios pero sobrios, a limpiar el campo y la playa, a ocuparse de los enfermos, que trasladaban al interior de las viviendas, y a enterrar a los muertos. Reconcentrados y compactos, intercambiando frases imprescindibles y rápidas, sin dejar transparentar ningún sentimiento, graves, casi severos, iban y venían por entre los árboles, entraban en el río para lavarse, fabricaban útiles de madera y de hueso, realizaban, con pericia infalible, todos esos actos que les daban, tanto a ellos como al lugar en que vivían, esa exterioridad irrefutable y densa, inmediata a los sentidos y que parecía inmutable, que yo había visto desde la canoa cuando me iba acercando a la playa semicircular y al relente humano que me llegaba desde las fogatas dispersas en el anochecer. Dos o tres días me habían bastado para comprobar de qué fondo negro tenían que subir esos indios tirando con fuerza hacia el aire transparente para poder mostrar, en lo externo de este mundo, un aspecto humano.

La tribu entera parecía un enfermo que estuviese reponiéndose, poco a poco, de sus enfermedades. Los que morían, los que tardaban en curarse, eran como partes irrecuperables o muy maltrechas de un ser unitario. Los cuerpos eran como signos visibles de un mal invisible. Llaga, debilidad, o palidez, sangre, pus o quemadura, no eran más que señales que algo mandaba, porque sí, desde lo negro, algo presente en todos, repartido en ellos, pero que era como una sustancia única respecto de la cual cada uno de los indios, visto por separado, parecía frágil y contingente. No sé que dios podía ser, si era un dios, aunque nunca vi en tantos años que esos indios adoraran nada; era una presencia que los gobernaba a pesar de ellos, que mandaba en sus actos más que la voluntad o los buenos propósitos y que, de tanto en tanto, por mucho que los indios se olvidaran de su existencia o simulasen ignorarla, como el leviatán que es visible únicamente durante sus reapariciones periódicas desde el fondo del océano, se manifestaba.

Una semana más tarde, la mayor parte de los enfermos se había repuesto, y ya me resultaba difícil distinguir a los asadores, tan saludables y tranquilos, del resto de la tribu. Algunos pocos salían todavía, lentos y vacilantes, de las viviendas, y cada mañana se los veía aparecer en la entrada, guiñando los ojos al sol ya alto, paseando la mirada un poco aturdida por las hojas centelleantes, apoyándose contra el borde de la abertura o en alguno de sus familiares. En muchos quedaban marcas imborrables: uno había perdido una oreja, otro un ojo que siguió suputándole de tanto en tanto hasta muchos meses después; un tercero quedó rengo por el resto de su vida. Yo me los cruzaba, algunas veces, por la playa o las arboledas, y viéndolos estropeados y mostrando por lo tanto el signo inequívoco de sus excesos en su propio cuerpo, trataba de interrogarlos con la mirada para ver si un gesto, una expresión o una mueca señalarían que en sus memorias seguían ardiendo rescoldos de esos días abominables, pero sus ojos, al encontrarse con los míos, parecían inocentes y mudos, indiferentes o inaccesibles al recuerdo. La sonrisa rápida, casi irónica que en general me dirigían, no era tampoco un signo de complicidad o de connivencia, como si, aceptando mi testimonio, reconocieran al mismo tiempo la delicadeza de mi silencio, o como si, al encontrarse con mis miradas insistentes e interrogativas experimentaran una especie de superioridad por su actitud impenetrable sino que, muy por el contrario, parecía estar en relación, no con los actos que ellos habían realizado y de los que yo había sido testigo, sino con ciertos actos de los que me creían capaz y que esperaban verme realizar algún día. Pasado el tembladeral, la tribu volvía a tratarme con jovialidad y deferencia. Hay quienes pretenden que nuestras primeras impresiones son siempre las más justas y verdaderas; debo decir que con esos indios, semejante afirmación no se sostiene. Los que habían sido, en los primeros días, peores que animales feroces se fueron convirtiendo, a medida que pasaba el tiempo, en los seres más castos, sobrios y equilibrados de todos los que me ha tocado encontrar en mi larga vida.

La delicadeza de esa tribu merecería llamarse más bien afeminamiento o pacatería; su higiene, manía; su consideración por el prójimo, afectación aparatosa. Esa urbanidad exagerada fue creciendo a medida que pasaban los días, hasta alcanzar una complejidad insólita. Eran de un pudor sorprendente. En los meses siguientes, nunca vi a un solo indio satisfacer sus necesidades en público. A pesar de que andaban completamente desnudos, jamás vi a nadie, ni siquiera entre las criaturas, cuyo miembro denotara otra función o estado como no fuese colgar flácido y casi inexistente entre las piernas que medio lo ocultaban. El toqueteo, el manoseo, la alusión carnal, parecían excluidos de sus relaciones en público. La circunspección al respecto era tan grande, que aún ahora me sé preguntar si fornicaban en privado, y a no ser por los nacimientos que se producían en todas las épocas del año, el más perspicaz observador llegaría a la conclusión de que esos indios desconocían el coito. Hombres y mujeres se dirigían la palabra de un modo evasivo, distante, aun cuando pertenecieran a la misma familia. Sin ser duros ni autoritarios, el comportamiento con las criaturas era severo y, aunque no exento de consideración e incluso de cariño, sentencioso y cortante. En general, había una separación bastante marcada entre las mujeres y los niños por una parte, y los hombres por la otra. En todos, el cuidado por la limpieza era excesivo, casi irritante. Una criatura de uno o dos años, paseándose con las nalgas embadurnadas de excremento, era motivo seguro de discusión entre marido y mujer. Un niño que orinaba contra un árbol en un lugar en el que podía ser visto, recibía rápido una bofetada.

Acabo de consignar un poco más arriba que, como no fuese durante las orgías, nunca los vi orinar o defecar en público; tampoco me topé, jamás, en las inmediaciones del caserío, con sus excrementos, y al poco tiempo comprendí que los enterraban, no limitándose a cubrirlos, más o menos someramente, con tierra, sino haciendo un pocito en el suelo y tapándolos hasta hacerlos desaparecer. Cuando hacía calor, se bañaban en el río varias veces por día, de modo que el espacio amarillo de la playa estaba siempre lleno de indios y cuando me paseaba por la orilla los veía entrar y salir continuamente del agua, y si por casualidad me hallaba en las proximidades, sin que me fuese posible ver el río, no dejaba de oír, el santo día, e incluso de noche, el ruido de los chapuzones. En invierno calentaban agua en sus marmitas de greda y se lavaban, pero no pocos se bañaban también en el río, dirigiéndose con naturalidad hacia la orilla, indiferentes a la escarcha azul del amanecer. Los alimentos los lavaban y relavaban, incansables, antes de empezarlos a cocinar. Con sus escobas de ramas barrían el interior de las viviendas y las inmediaciones varias veces por día, y en los atardeceres de verano regaban el interior y el exterior, trayendo agua del río en sus vasijas y dispersándola con las manos y haciéndola destellar en la última luz del día. De tan serviciales, eran ostentosos y pesados. Bastaba que alguien pasara cerca de sus viviendas para que ellos, en general concentrados en sus trabajos diarios, lo saludaran con insistencia, lo fuesen a buscar incitándolo a detenerse unos instantes en la puerta de su casa, y comenzaran un largo interrogatorio destinado a informarse sobre el estado de salud de cada uno de los parientes del pasante, sin omitir uno solo, exigiendo minucia en las respuestas, motivando respuestas más amplias con nuevas preguntas, de tal modo que la ceremonia duraba una hora y que el dueño de casa exigía precisiones sobre la salud de personas que había visto esa mañana misma en la playa y con las que había intercambiado un saludo distante. Cuando estos encuentros casuales se producían en el espacio público, es decir, en un lugar alejado de las viviendas de los que se encontraban, todo se limitaba a un diálogo rápido, lacónico e incluso un poco altanero. La distancia era también material, ya que un espacio de dos o tres metros los separaba, como si el cuidado principal de los indios hubiese sido no tocarse, evitar a toda costa un roce físico con el interlocutor. Permanecían unos segundos enhiestos, dignos, un poco echados para atrás, intercambiando fórmulas rápidas y nada calurosas ni sinceras, y después seguían su camino con la cabeza alta, los ojos entrecerrados, la espalda y los hombros rígidos, en una actitud convencional que mostraba orgullo y gravedad. Ese exceso de pudor y de dignidad los volvía susceptibles. Las cosas más insignificantes los ofendían. Si, por ejemplo, una alusión un poco chocante se introducía, por descuido, en la conversación, los presentes bajaban la cabeza, adoptaban un aire pensativo, se quedaban un momento en silencio y después de unos minutos aducían un pretexto cualquiera y se retiraban. Antes de tratar temas relativos a la fornicación, a la menstruación, al excremento, alejaban a las criaturas, y si alguno, actuando con ligereza, se ponía a hablar del tema sin haber inducido a los más chicos a retirarse, era llamado al orden con un tono inapelable y perentorio. Como si hubiesen necesitado cierto tiempo para volverlo a aprender, los indios habían ido recuperando ese ritmo rápido con que hacían todo. Esa rapidez era propia de los varones, porque las hembras se movían plácidas y ausentes, y trabajaban siempre como pensando en otra cosa. Los hombres se desplazaban casi al trote, y cuando se cruzaban con las mujeres, la diferencia de velocidad saltaba a la vista. Era como si los hombres hubiesen sido el horizonte móvil y rígido de un centro oscuro, blando y sedentario representado por las mujeres. Cuando los hombres se encontraban en la playa amarilla y se detenían para intercambiar sus formalidades lacónicas, la celeridad de sus gestos era tal que por momentos parecían seguir dando saltitos en el mismo punto, a distancia prudente del interlocutor, como si les estuviese prohibido inmovilizarse por completo. Cuando iban, por ejemplo, de pesca en sus embarcaciones, atravesaban la playa corriendo, saltaban a la embarcación y se alejaban remando con energía, hasta tal punto que en pocos minutos desaparecían entre los riachos que formaban las islas. Era una velocidad constante, regular, de modo que parecía que hacían todo corriendo, y cuando llegaba la noche se desplomaban sobre la tierra barrida de las viviendas y se dormían hasta el amanecer.

Llenaban, con su ir y venir, en las mañanas soleadas, el espacio translúcido. De lo que había pasado en los primeros días no quedaba otro rastro que algunos estropeados que se entreveraban en la tribu. Era un pueblo urbano, trabajador, austero. Bromeaban poco y, aparte de las criaturas, que en general jugaban en las afueras, casi nunca se reían. Las mujeres parecían menos serias que los hombres o, tal vez, menos rígidas. La actitud de los hombres lindaba con la hosquedad, la de las mujeres, con la resignación y con la indiferencia. Hembras y varones parecían hacer las cosas no por gusto, sino por deber. De la vida común, el placer parecía ausente. Que copulaban en privado lo mostraba, no la concupiscencia de sus actos públicos, sino el vientre de las mujeres que crecía durante el embarazo y los niños arrugados y llenos de sangre que aparecían de tanto en tanto al sol de este mundo.

Objeto de atenciones o de indiferencia, de obsequiosidad súbita y pasajera, de demandas incomprensibles o de desdén persistente, yo derivaba entre ellos, convencido de que lo que parecían esperar de mí, si es que esperaban algo, no lo obtendrían con mi muerte sino más bien con mi presencia constante y mi atención paciente a sus peroratas. De vez en cuando, algún indio se me acercaba y, plantándose frente a mí, se embarcaba en un discurso interminable lleno de ademanes lentos, explicativos, que se referían al horizonte, al río, a los árboles, no sin que, por momentos, un brazo se plegara y la palma de la mano golpeara con energía el pecho del orador, que de ese modo se designaba como el centro de ese chorro de palabras cortas, rápidas y chillonas. Otras veces, cuando pasaba cerca de alguna vivienda, la voz de una mujer que trabajaba a la sombra, junto a la puerta, murmurando *Def-ghi, def-ghi,* con un tono suave y confidencial, me incitaba a pararme y, sin levantar la vista de su trabajo, la mujer pronunciaba un discurso corto y preciso, y después seguía trabajando en silencio, como si yo ya me hubiese ido, sin haberme dirigido una sola mirada. Más expansivos, los niños a veces me seguían y me hablaban. Eran como el reverso tumultuoso de la tribu, pero la gravedad general también los alcanzaba amortiguando su entusiasmo.

Fueron pasando las semanas, los meses. Llegó el otoño: una tormenta barrió el verano y la luz que apareció después de la lluvia fue más pálida, más fina y, en las siestas soleadas, entre las hojas amarillas que caían sin parar y se pudrían al pie de los árboles, yo me quedaba inmóvil, sentado en el suelo, soñando despierto en la fascinación incierta de lo visible. En la luz tenue y uniforme, que se adelgazaba todavía más contra el follaje amarillo, bajo un cielo celeste, incluso blanquecino, entre el pasto descolorido y la arena blanqueada, seca y sedosa, cuando el sol, recalentándome la cabeza, parecía derretir el molde limitador de la costumbre, cuando ni afecto, ni memoria, ni siquiera extrañeza, le daban un orden y un sentido a mi vida, el mundo entero, al que ahora llamo, en ese estadio, el otoño, subía nítido, desde su reverso negro, ante mis sentidos, y se mostraba parte de mí o todo que me abarcaba, tan irrefutable y natural que nada como no fuese la pertenencia mutua nos ligaba, sin esos obstáculos que pueden llegar a ser la emoción, el pavor, la razón o la locura. Y después, cuando el sol empezaba a declinar y la costumbre me guardaba otra vez en su contingencia salvadora, me paseaba entre los indios buscando alguna tarea inútil que me ayudase a llegar al fin del día, para ser otra vez el abandonado, con nombre y memoria, como una red de latidos debatiéndose en el centro del acontecer.

El invierno trajo más realidad. Alternando, escarcha y llovizna nos recordaban la intemperie humana, incitándonos a construir mediaciones para defendernos del mundo, y la choza, las pieles y el fuego elemental alrededor del cual nos apiñábamos, las fintas para reencontrar el calor animal y para sobrevivir, nos ocupaban con labores precisas y nos distraían de lo indecible. Los indios atraviesan con honor la penuria: lo poco que le arrancan al invierno lo comparten con justicia, y los más fuertes se amurallan alrededor de los débiles, procurándoles alimento y vida. Todo lo hacen con discernimiento y discreción; y, de este modo, mucho más tarde comprendí que si algunos hombres robustos gozaban de privilegios durante los meses de penuria, no era porque los otros temiesen su fuerza bruta, sino porque esos hombres fuertes eran necesarios para la supervivencia de la tribu entera en la que cada uno de los miembros, hasta el más humilde, desde el recién nacido hasta el viejo moribundo, tenía asignado su exacto papel. Más de una vez vi a uno de esos hombres robustos ceder su abrigo o su alimento a un viejo, a un enfermo o a una criatura, en contraste sorprendente con el horror de los primeros días.

Así actuaban los indios en el invierno extremado y gris, sin perder ni hosquedad ni retraimiento. A la choza, un poco separada del caserío, que me cedieron, llegaba, cada día, un hombre silencioso con algo de comer y un poco de leña seca para el fuego. Hay que ver también que, de todos los inviernos que pasé entre los indios, el primero fue el más largo y el más riguroso. Durante semanas, una llovizna helada borró el horizonte y el cielo, y cuando por fin paró, el frío, en lugar de disminuir, aumentó, y, noche tras noche, de un cielo tan limpio y tan próximo que casi nos aplastaba, empezaron a caer las heladas, de modo tal que todos los días los campos amanecían blanqueados como si las estrellas, pulverizándose a causa del frío, estuviesen deshaciéndose de a poco y espolvoreando la tierra. Toda agua, aparte del gran río, se volvió escarcha, fina, quebradiza, destellante, azul al alba, de un verde amarillento durante el día y rosa al atardecer. La arena también se afinó, como hecha, incluso ella, de polvo estelar; y la tierra, reseca y dura en los trechos en que no se mezclaba con la arena, se puso azulada y lustrosa. Hubo, durante semanas, una especie de inmovilidad, como si el aire e incluso el tiempo mismo estuviesen congelados —detención gélida de la luz, o más bien transparencia en que la luz cambiante, azul, verde, amarilla, violeta, rosa, rojiza, como en la escarcha, se reflejaba. Los árboles parecían petrificados, y las ramas desnudas, contra el cielo blanquecino, entrecruzadas y negras, como un paisaje de pesadilla. Bestias y pájaros se morían de frío —y ahí quedaban, grises, rígidos, sin descomponerse, intactos y borrosos en el frío y la muerte. A muchos hombres les pasaba lo mismo: a los viejos, sobre todo, que se llenaban, en esas noches interminables, de frío y de sueño y, sin ganas de levantarse, seguían viaje hasta la muerte por pereza o comodidad. Livianos, silenciosos y sin violencia, como en otoño, hacia la tierra, que es su casa verdadera, las hojas de los árboles, así esos hombres, en el invierno desmedido, caían en la muerte. Los sobrevivientes acechaban, del norte incierto, la primera brisa tibia. Y cuando las primeras hojas tiernas, rojas y diminutas, empezaron a brotar, pareció que era, no sus propios botones, sino el aire helado lo que rompían.

Poco a poco, los indios empezaron a salir de sus chozas, menos al espacio exterior que a la primavera. El aire inmóvil fluía otra vez, como la escarcha, que se volvió agua, y los árboles cristalizados que empezaron a lanzar, hacia el aire azul, nubes graduales de hojas verdes. En los campos florecidos el ir y venir rápido de los indios recomenzó. La arena amarilleaba de nuevo y el río parecía dorado. De las islas, pájaros multicolores salían, rígidos, en bandadas, rayando el cielo azul, y se incrustaban entre los árboles del campo, detrás del caserío. Reaparecieron, todavía somnolientos, pumas y caimanes. Los días tibios se prolongaban en atardeceres rojos y un poco febriles, y a medida que la primavera avanzaba podía verse la playa amarilla llena de gente hasta cada día más tarde, de modo tal que, entre los olores a comida, los paseos lentos por la orilla del agua, el brillo amarillo, en un cielo todavía claro, de las primeras estrellas y el resplandor que nimbaba el follaje, los anocheceres en esa estación de esperanza eran tranquilos y benévolos. A media mañana, cuando el frío declinaba, las primeras fogatas se encendían en el exterior, en el frente de las chozas, entre los árboles, y entonces, en el espacio entero, que guardaba todavía los relentes de estaciones antiguas, podridas y enterradas, maceradas por el tiempo y las lluvias, hojas, madera, cuerpos animales, carne y huesos humanos, excremento, el humo recomenzaba, victorioso, a subir lento entre los brotes, y a los que habían perdido, en la privación del invierno, todo rastro de sí mismos, les traía, con las sensaciones que despertaba, el recuerdo de una vieja persistencia. Daba gusto ver cómo salíamos al mundo, en las mañanas cada vez más tibias y más soleadas, después de meses de repliegue y somnolencia. El día luminoso parecía darles euforia y hasta alegría a esos seres circunspectos y acartonados. Algo más vivo y más amistoso que el deber, la eficacia y la subsistencia parecía justificarlos cuando iban al trabajo; y cuando se cruzaban un momento en la playa o entre los árboles, se demoraban a conversar un poco más que de costumbre, como si, en vez de considerar la cortesía como delito o negligencia, sintiesen que el placer austero que intercambiaban era la prueba de una ventaja que le estuviesen llevando al tiempo y a las cosas.

Con los días, sin embargo, esa dulzura se empezó a agrietar. Entrábamos, como en una casa de fuego, en el verano, girando atontados y perdidos en la luz blanca. La sombra pegajosa de los árboles ya no defendía. Únicamente la madrugada atenuaba el calor, porque la primera luz del alba difundía un ardor que no se disipaba hasta bien entrada la noche. La tribu se agitaba en un sueño intranquilo. En los últimos meses los indios se habían estado acostando temprano para levantarse al alba frescos y decididos. Durante la noche, ni un alma era visible entre el caserío: un silencio pacífico reinaba, sin otra interrupción que los gritos de los pájaros nocturnos. Con los grandes calores, esa disciplina espontánea se deterioró. Yo lo atribuí al principio a ese sol árido que iba subiendo constante y embrutecedor, en el cielo sin límites, pero poco a poco fui comprendiendo que el año que pasaba arrastraba consigo, desde una negrura desconocida, como el fin del día la fiebre a las entrañas del moribundo, una muchedumbre de cosas semiolvidadas, semienterradas, cuya persistencia e incluso cuya existencia misma nos parecen improbables y que, cuando reaparecen, nos demuestran, con su presencia perentoria, que habían estado siendo la única realidad de nuestras vidas. Del mismo modo, el gran río, apacible durante meses, muestra, con detritus, bestias desconocidas y violencia gradual, su fuerza verdadera en los días de crecida.

Las relaciones entre los indios, tan corteses y distantes, fueron derivando hacia el secreteo, la indiferencia, la gresca. Más de uno se volvió impaciente, irritable y, en general, todos parecían aislarse y andaban como perdidos o como sonámbulos. El vino de las mañanas no parecía serles, a esos hombres, fácil de tomar, como si fermentara en pesadumbre y nostalgia. Que algo les faltaba era seguro, pero yo no alcanzaba, viéndolos desde fuera, a saber qué. Espiaban el día vacío, el cielo abierto, la costa luminosa, con la esperanza de recibir, del aire que cabrilleaba, un llamado o una visión. Como sin centro y sin fuerzas derivaban, esperando. La sustancia común que parecía aglutinar a la tribu, dándole la cohesión de un ser único, se debilitaba amenazándola de errabundeo y dispersión. En el trato diario, transparentaban ausencia y hosquedad. Parecían presentir la falta de algo sin llegar a nombrarlo; como si buscaran sin saber qué buscaban ni qué se les había perdido.

Cuando lo comprendieron, todos sus gestos se volvieron mensaje, signo, y poco a poco convergían, vacilando cada vez menos, a la acción. Yo iba leyendo, en sus caras y en sus actitudes, la determinación que crecía en ellos. Un día en que pasaba cerca de una choza vi a una vieja que contemplaba, ya lustrosa y reseca, una calavera. La cara arrugada de la vieja expresaba, sin disimulo, ardor y fascinación. En los días siguientes vi más de un corrillo cabildear y a algunos indios sueltos ir y venir de un grupo a otro llevando y trayendo mensajes y pareceres. Otros preparaban, con pericia entusiasta, flechas envenenadas. Sin que yo supiese de dónde empezaron a reaparecer, en diferentes lugares, las pertenencias del capitán y de mis compañeros: ropa, un casco, una espada, metales, monedas. Todo el mundo quería echarles una mirada, tocarlas, manosearlas. En menos de un año habían adquirido el aire sobado y definitivo de las reliquias. Por el privilegio de su contacto fugaz, más de una vez hubo disputas, e incluso sangre. Venían mezcladas con objetos que yo desconocía, pero cuyo origen era fácil adivinar: collares, piedras, cuchillos, pedazos de madera, tan pulidos y amarillentos que apenas si se distinguían de los huesos, humanos y animales, a juzgar por sus diferentes formas y tamaños, entre los que se traspapelaban. Algunas calaveras rodaban por la arena durante las arrebatiñas frecuentes y violentas. Nadie, sin embargo, las guardaba mucho tiempo entre sus manos, como si además de la atracción desmesurada que ejercían, esos objetos sudaran también veneno.

Una mañana, bien temprano, un rumor me despertó. El día apenas si despuntaba. Una muchedumbre de cuerpos oscuros cintilaba en el aire azul de la playa. Agitación, apuro, entusiasmo, alegría incluso la estremecían. Un centenar de hombres se embarcaba en las canoas alineadas en la orilla y la totalidad de la tribu se arremolinaba a su alrededor, en actitud de despedida. Todo el mundo gesticulaba hablando en voz baja y rápida, un poco ahogada por la excitación contenida. Casi todas al mismo tiempo, las canoas se separaron de la orilla —casi al mismo tiempo en que los hombres subían a bordo también— y empezaron a alejarse, todas a la misma velocidad, río arriba, hasta que se perdieron entre las islas. La tribu se quedó un largo rato en la orilla antes de dispersarse, como si contemplara, con estupor y esperanza, el sol rojizo y grande que subía más allá de las islas, limpiando de oscuridad el aire matinal y sembrando el río violáceo de reflejos quebradizos.

En los días que fueron pasando, las miradas iban, casi continuamente, hacia el gran río destellante y desierto. Las islas bajas que había ido formando yacían en el centro, inmóviles, alargándose río arriba. Del agua no subía ninguna frescura. Y del horizonte blanco y borroso a causa del calor, ningún signo, gradual, se aproximaba. Incertidumbre y ansiedad carcomían, con intensidad creciente, el corazón de los indios. De vez en cuando alguno, abandonando por un momento lo que estaba haciendo, se acercaba a la playa y, con disimulo, fingiendo lavarse las manos u orinar en el agua, miraba río arriba con la esperanza de descubrir la vuelta de las canoas. Otros salían, muchas veces por día, a la puerta de las construcciones a cuya sombra se protegían del calor, y escrutaban el agua. La impaciencia fue haciéndolos abandonar, poco a poco, sus ocupaciones y aproximarse a la orilla. Al principio eran tres o cuatro, el segundo día, un puñado, el tercero ya casi una muchedumbre y, el cuarto, la tribu entera estaba en la playa con la vista fija en el lugar del río, entre las islas chatas y alargadas, por donde habían desaparecido las canoas y por donde, sin duda alguna, esperaban verlas reaparecer.

Llegaron otra vez, cintilantes y azules, no en el alba, como cuando se habían ido, sino en el anochecer, como cuando me habían traído con ellos. Las mismas fogatas que, desde el agua, yo había visto iluminar la playa, se habían encendido esta vez ante mis propios ojos. Todo se repetía, pero ahora los acontecimientos venían a empastarse con otros, similares, que se desplegaban en mi memoria. Lo que se avecinaba tenía para mí un gusto conocido: era como si, volviendo a empezar, el tiempo me hubiese dejado en otro punto del espacio, desde el cual me era posible contemplar, con una perspectiva diferente, los mismos acontecimientos que se repetían una y otra vez —y la impresión de que esos acontecimientos ya se había producido fue tan grande que, mientras veía, en el aire azul, sobre el río que reflejaba las hogueras, venir, con su ritmo rápido y uniforme, las embarcaciones, esperé, durante unos momentos, sin darme cuenta realmente pero de un modo intenso y total, verme a mí mismo, perdido y como hechizado, descubriendo poco a poco, en ese anochecer azul lleno de paz exterior y confusión humana, la oscuridad sin límites que dejaban entrever a mi alrededor esas costas primeras.

Pero *yo* no venía en esas embarcaciones —venía, eso sí, un hombre vivo, que tendría, tal vez, mi edad, y se mantenía rígido e inmóvil entre los remeros. *Def-ghi, Def-ghi,* le decían algunos apenas pisó tierra, cuando el desorden y la multitud les impedían aproximarse a los cadáveres que los miembros de la expedición desembarcaban y depositaban, apilándolos sin muchas consideraciones, sobre la arena de la playa. El prisionero —aunque la palabra, como se verá, es inapropiada— los ignoraba y si de vez en cuando se dignaba mirar a alguno, lo hacía con desdén calculado y menosprecio indiferente. *Def-ghi, Def-ghi,* insistían los otros, señalándose a sí mismos para atraer la atención del prisionero hacia sus personas. Las mismas sonrisas acarameladas que yo conocía tanto le eran dirigidas, las mismas bromas de mal gusto, tales como simularse enojados y dispuestos a la agresión, para, unos minutos más tarde, deshacerse en carcajadas, la misma ostentación teatral para configurarse un personaje fácilmente reconocible desde el exterior. Adrede, el prisionero ignoraba esos actos de seducción, lo cual contribuía a estimularlos, incitándolos a tanta variedad que en un determinado momento no se sabía si el cambio de actitud era verdadero o fingido y si el paso de la hilaridad a la rabia, del sentimentalismo a la violencia, de la altanería a la obscenidad, era causado por el deseo que tenían de componer una actitud que podía ser aprehendida de inmediato, una modificación deliberada, o si, en realidad, movidos por la indiferencia del prisionero y por la ansiedad que su presencia parecía infundirles, llenos de incertidumbre y confusión, eran como una sustancia blanda e informe que el vaivén del acontecer moldeaba en figuras arbitrarias y pasajeras. Algo, sin embargo, era seguro: el prisionero sabía, desde el primer momento, lo que esos indios esperaban de él, cosa que yo, en cambio, fui adivinando poco a poco y recién después de mucho tiempo —y hoy todavía, sesenta años más tarde, mientras escribo, en la noche de verano, a la luz de la vela, no estoy seguro de haber entendido, aun cuando ese hecho haya sido, a lo largo de mi vida, mi único objeto de reflexión, el sentido exacto de esa esperanza. Lo que pasó en los días que siguieron se adivina, fácil: desde la acumulación del deseo en la mañana soleada y tranquila mientras los cuerpos despedazados se asaban sobre las brasas hasta el tendal de muertos y estropeados tres o cuatro días más tarde y el recomenzar vacilante de la tribu, pasando por el placer contradictorio del banquete, por la determinación suicida de la borrachera y por el tembladeral de los acoplamientos múltiples, fantásticos y obstinados, el regreso de los acontecimientos, en un orden idéntico, era todavía más asombroso si se tiene en cuenta que no *parecía* provenir de ninguna premeditación, que ninguna organización planeada de antemano los determinaba, y que los días medidos, grises y sin alegría de esos indios los iban llevando, poco a poco, y sin que ellos mismos se diesen cuenta, hasta ese nudo ardiente que era su única fiesta, de la que muchos salían maltrechos y a duras penas y en la que algunos quedaban enredados por toda la eternidad. Era como si bailaran a un ritmo que los gobernaba —un ritmo mudo, cuya existencia los hombres presentían pero que era inabordable, dudosa, ausente y presente, real pero indeterminada, como la de un dios.

Como mi propia sombra, el prisionero se paseaba, un poco olvidado, por el gran claro arenoso en el que humeaban las parrillas. A diferencia de mí que el primer día había deambulado con estupor y miedo por entre la tribu, el prisionero parecía, no únicamente indiferente y tranquilo, sino incluso, si se tienen en cuenta las poses que adoptaba, un poco decepcionado cuando los indios, absortos en la contemplación de las parrillas o perdidos en sus sueños carnales, dejaban de prestarle atención. Parecía esperar de los indios halago o sumisión y se le notaba cierta contrariedad cuando comprobaba que los indios no lo festejaban lo suficiente. Se hubiese dicho que el hecho de haber sido capturado le otorgaba cierta superioridad. Es verdad que, en el momento de desembarcar, muchos se le habían acercado, rodeándolo, habían tratado por todos los medios de llamar su atención, y que yo veía recomenzar con él el asedio que había sufrido durante los primeros tiempos de mi vida en el caserío, pero contrariamente a lo que sucedía conmigo, él parecía conocer a fondo las razones, y su actitud altanera y desdeñosa mostraba que ese asedio no lo molestaba sino que le confería, por causas misteriosas, un poder desconocido. Era evidente que mi presencia, en cambio, lo fastidiaba. Las miradas desdeñosas que me lanzaba, a diferencia de las que le dirigía a la tribu, pretenciosas y arbitrarias, se espesaban de odio. Más de una vez lo sorprendí observándome con disimulo, como quien estudia a un enemigo. Evitaba, en general, mi mirada, del mismo modo que mirarme directamente, ignorándome para establecer, en este mundo en el que yo parecía contrariarlo, por decisión mágica, mi inexistencia. Cuando lo vi llegar, sobreviviente, en situación idéntica a la mía, pensé que el horizonte desconocido me mandaba un aliado, pero un vistazo rápido le había bastado para reconocerme en medio de la tribu y desde ese momento había sido para mí pura evasiva y hostilidad. El sabía. Estaba al tanto, no únicamente de su propio papel, que desempeñaba con fervor y prolijidad, sino también del mío, dándome la impresión más bien desagradable de ser, al mismo tiempo, englobado y rechazado por él. Cuando, en las pausas de frenesí, los indios volvían al asedio, el prisionero se comportaba con ellos como el hombre importante que se digna, sin mucho interés, prestar una atención reticente a las súplicas de la plebe, y después vuelve, con el mismo gesto arbitrario, a sus alturas, sin dejar entrever si en sus decisiones venideras tendrá o no en cuenta los pedidos ni sí lisa y llanamente los ha escuchado. Esa actitud exasperaba a los indios que a veces pasaban, excedidos, de la súplica a la demanda perentoria o a la amenaza. Pero era evidente que esos enojos no espantaban al prisionero. Parecía gobernar, con la simple variación de sus poses exageradas, a la tribu entera. Los asadores, que no eran los mismos de la primera vez, le deparaban la misma cortesía tranquila con que me habían atendido, pero incluso con ellos se mostraba intratable. Todavía hoy me sé preguntar si esa conducta desmedida era un rasgo de carácter o un estilo de interpretación —hoy, esta noche, tanto tiempo más tarde, en que creo saber lo que esos indios esperaban de mí, por haberlo descubierto, poco a poco, en los años que se fueron sucediendo. El prisionero lo sabía desde el principio porque, por pertenecer a alguna tribu no muy lejana, conocía la lengua de los que lo habían capturado o porque, a causa de esa vecindad, su propia tribu había sido objeto de expediciones similares y él debía estar al tanto, por habérselo oído contar a otros, de las razones de su cautiverio. Esas razones establecían, para él, un privilegio del que no se servía, hay que decirlo, con suficiente decencia; por lo que me pareció observar, la extorsión no era del todo ajena a sus manejos y aceptaba, con impudicia, toda clase de obsequios, sin sin embargo darles, a quienes se los ofrecían, la certidumbre de que sus deseos se verían realizados. En esa prebenda pasó un par de meses, hasta que una mañana de otoño en que lloviznaba, en una canoa cargada de alimentos y chucherías, desapareció remando despacio río arriba, silencioso y erguido, sin haber perdido un solo instante ese aire de mal-humor y desprecio de quien se siente mal hospedado, entre gente inferior que no merece su excelsa compañía, impasible ante el clamor de la tribu que lo acompañó hasta la canoa como a un príncipe soberano, sin dejar de mostrarle, con sus actos y sus expresiones, hasta qué punto deseaban incrustarse para siempre en su consideración y en su memoria. En el otoño avanzado, en el gris parejo de la tierra, del aire, del agua y del cielo, fue desapareciendo, de a poco, en el horizonte, empastán-dose en él, como un espejismo más en este mundo que nos depara tantos.

Para ese entonces, los indios ya habían salido, no sin lentitud y dificultad, del agujero negro en el que se hundían, periódicos. En los diez años que viví entre ellos diez veces les volvió, pun-tual, la misma locura. Lo más singular era que en los meses de abstinencia, ningún signo exterior dejaba traslucir la fuerza desmesurada del deseo que los carcomía. Cuando empecé a orientarme por la selva de su lengua y servirme toscamente de ella, lo que llevó tiempo, más de una vez, curioso, y aunque no de un modo directo, los interrogué. Era como si hubiesen per-dido la memoria y no supiesen a qué me estaba refiriendo. No había ni evasiva ni hipocresía en sus respuestas: no, se trataba de olvido o de ignorancia. Esos indios no mentían nunca. Hablaban poco, y siempre por razones precisas. El arte de la conversación les era desconocido. Los cabildeos no eran pro-piamente conversaciones sino un intercambio de ideas muy precisas que lanzaban, lacónicas, a la concurrencia, que a su vez las recibía sin comentarios. A veces, entre una pregunta y su respuesta podían pasar horas. Y la agitación verbal que a veces ganaba esas reuniones no era el resultado de la abundancia de alocuciones, sino de la repetición, que podía cambiar de fuerza y de velocidad, de dos o tres frases cortas y chillonas, y a veces incluso de una sola palabra. Los saludos convencionales que se dirigían y el exceso de fórmulas corteses parecían ser, desde el punto de vista de ellos, un mal necesario. Esa pobreza oral es para mí prueba de que no mentían, porque en general la mentira se forja en la lengua y necesita, para desplegarse, abundancia de palabras. El olvido y la ignorancia parecían genuinos: era como si una parte de la oscuridad que atravesaban quedase impregnada en sus memorias, emparchando de negro recuerdos que, de seguir presentes, hubiesen podido ser enloquecedores. Sin darse cuenta, exageraban el pudor, horrorizados sin duda alguna, y confusamente, como los animales, de presentir aquello de que eran capaces. En los meses del año en los que la penuria los obligaba a enfrentar lo exterior, el olvido era total y se volvían austeros y fraternales, menos tal vez a causa de sentimientos nobles que por presentir que, para sus fiestas carnales, la robustez y la integridad de la tribu eran necesarias. Con el fin del invierno, empezaba el desgaste. El día duradero, en su luz cegadora, iba poniéndolos, abandonados y desnudos, cara a, cara con la evidencia. Pasaban igual que de la apatía al entusiasmo, no a otra estación del año, sino a otro mundo, en el que se olvidaban también de todo, pudor, mesura o parentesco. Iban de un mundo al otro pasando por una zona negra que era como un agua de olvido, y atravesaban, de tanto en tanto, un punto en el cual todos los límites se borraban dejándolos al borde de la aniquilación. Era natural que algunos no volviesen y que muchos saliesen chamuscados, como quien atraviesa un incendio. Ese ir y venir era, creo, para ellos, fuente de desdicha. Bastaba verlos en posesión del objeto tan deseado para darse cuenta de que les quemaba las manos. Y la circunspección de los meses de abstinencia les venía de sentir que los actos cotidianos eran pura apariencia y que ellos debían proceder de un mundo olvidado. Así andaban los indios, del nacimiento a la muerte, perdidos en esa tierra desmedida. El fuego que los consumía, ubicuo, ardía al mismo tiempo en cada uno de los indios y en la tribu entera. Un fuego único que, más que encenderse, de golpe, en cada uno, circulaba continuo por todas partes y de vez en cuando se manifestaba. Llevados y traídos por ese hálito incandescente, no eran más dueños de sus actos que la espiral de tierra en el ciclón de noviembre. Yo crecí con ellos, y puedo decir que, con los años, al horror y a la repugnancia que me inspiraron al principio los fue reemplazando la compasión. Esa intemperie que los maltrataba, hecha de hambre, lluvias, frío, sequía, inundaciones, enfermedades y muerte, estaba adentro de una más grande, que los gobernaba con un rigor propio y sin medida, contra el que no tenían defensa, ya que por estar oculta no podían construir, como con la otra, armas o abrigos que la atenuaran. Yo los sabía capaces de resistencia, de generosidad y de coraje, y diestros en el manejo de lo conocido: bastaba ver sus objetos y la habilidad con que los construían y utilizaban para comprender en seguida que esos indios no se dejaban intimidar por la costra ruda del mundo. Pero eran como náufragos en una balsa tratando de mantener la disciplina a bordo mientras golpea la tormenta, en plena noche y en un mar desconocido.

Diez años están hechos de muchos días, horas y minutos. De muchas muertes y nacimientos también. Lo que cuando toqué la playa en el primer anochecer me era extraño, con el tiempo continuo que nos modela y nos cambia fue haciéndose familiar. Si para cualquier hombre el propio pasado es incierto y difícil de situar en un punto preciso del tiempo y del espacio, para mí, que vengo de la nada, su realidad es mucho más problemática. Ninguna vida humana es más larga que los últimos segundos de lucidez que preceden a la muerte. Veinte, treinta, sesenta, diez mil años de pasado tienen la misma extensión y la misma realidad. Del incendio más colosal no queda más verdad que la ceniza. Pero hay también, en toda vida, un período decisivo, que sin duda también es pura ilusión, pero que sin embargo nos moldea, definitivo. Es una ilusión un poco más espesa que el resto, que se nos prodiga para que, cuando la proferimos, podamos de un modo u otro representarnos la palabra vida. Yo era arcilla blanda cuando toqué esas costas de delirio, y piedra inmutable cuando las dejé, aun cuando mi permanencia en ellas haya sido, teniendo en cuenta la edad a la que estoy llegando, relativamente corta, y aun cuando, en los años que siguieron, haya vivido, en apariencia, tantas cosas que otros llamarían importantes y variadas.

Mi vida entre los indios, por haber durado tanto, no se parecía a la estadía fastuosa de los prisioneros que retenían algunos meses en la tribu y que después mandaban, en canoas cargadas de regalos, hacia el horizonte del río. Aunque me daban algunos privilegios y me protegían sin ostentación, compartí con ellos planes y contingencia. Supieron, eso sí, dejarme al margen de sus fiestas desmedidas. Las últimas veces, para no verlos, me iba solo, durante tres o cuatro días, campo afuera, no por repugnancia sino más bien por pesadumbre, para no ver caer, en los mismos pantanos de años anteriores, a muchos que a menudo me habían mostrado consideración y bondad, despertando en mí algún afecto. El aprendizaje del idioma que hablaban, por ser rudimentario, me resultaba todavía más difícil. Un observador esporádico hubiese podido pensar que ese idioma iba construyéndose según el capricho del que lo hablaba. Más tarde comprendí que aun hasta al capricho nuestro entendimiento le inflige leyes que le dan la ilusión del conocer e incluso en eso la vida de los indios contrastaba con la de los otros hombres entre los que había vivido y viviría. Esa vida me dejó —y el idioma que hablaban los indios no era ajeno a esa sensación— un sabor a planeta, a ganado humano, a mundo no infinito sino inacabado, a vida indiferenciada y confusa, a materia ciega y sin plan, a firmamento mudo: como otros dicen a ceniza. Durante años, me despertaba día tras día sin saber si era bestia o gusano, metal en somnolencia, y el día entero iba pasando entre duda y confusión, como si hubiese estado enredado en un sueño oscuro, lleno de sombras salvajes, del que no me libraba más que la inconsciencia nocturna. Pero ahora que soy un viejo me doy cuenta de que la certidumbre ciega de ser hombre y sólo hombre nos hermana más con la bestia que la duda constante y casi insoportable sobre nuestra propia condición.

A ese horizonte de agua, arena, plantas y cielo, empecé a verlo, poco a poco, como un lugar definitivo. En los primeros meses, en los dos o tres primeros años quizás, mis ojos espiaban lo que vendría a sacarme menos de las penurias que de la extrañeza. Pero esa esperanza fue borrándose con los años. Lo vivido roía, con su espesor engañoso, los recuerdos fijos y sin defensa. Cuando nos olvidamos es que hemos perdido, sin duda alguna, menos memoria que deseo. Nada nos es connatural. Basta una acumulación de vida, aunque sea neutra y gris, para que nuestras esperanzas más firmes y nuestros deseos más intensos se desmoronen. Recibimos masas continuas de experiencia como el cajón, en la fosa húmeda, paladas de tierra definitiva. En pocas palabras, dos o tres años después de haber llegado era como si nunca hubiese estado en otra parte. No había más que el presente pastoso en el que nuestra lucidez valiente pero endeble se debate y un futuro que anunciaba más repetición que novedad. Mi extrañeza, de ese modo, iba acompañada no de asombro sino de indiferencia. En el vaivén de las estaciones, mi cuerpo, densidad sin destino propio y sin memoria, era llevado y traído, en un lugar salvaje, por la estampida lenta de los acontecimientos, y de ese sistema familiar y desconocido a la vez vendría a sacarme, caprichosa, la muerte. Mi vida ya no soñaba, abierta, con ninguna diversidad.

Es, en general, lo que no se ha previsto lo que sucede. Una tarde, los indios me vinieron a buscar, muy excitados, a mi choza. Yo los había visto discutir a menudo, en voz baja, en los días anteriores, lanzándome miradas que creían disimuladas. Pero del mismo modo habían actuado otra veces, por ejemplo cada vez que se disponían a proponerme algún trabajo o alguna invitación. La primera vez que me habían llevado a cazar con ellos, o cuando me habían pedido, ante la amenaza de una tormenta, ayuda para desenterrar sus legumbres, había habido cabildeos semejantes. Pero lo que difería ahora era que, por primera vez desde hacía mucho tiempo, el asedio a mi persona, que la convivencia había contribuido a disminuir, cobraba de golpe una intensidad inesperada.

Cuando salí, comprobé que afuera me esperaba el clamor de los días excepcionales. La tribu entera se agolpaba alrededor de mi casa. Tres o cuatro indios me sacaron, empujándome casi, no para hacerme daño, sino para que me apurara, e incluso sin ninguna finalidad, haciendo gestos bruscos únicamente porque su excitación era tan grande que apenas si podían dominarla. Me fueron escoltando, a duras penas, entre la muchedumbre que forcejeaba por acercárseme, hacia la playa. Todos me toqueteaban, me sacudían, me acariciaban incluso, trataban de detenerme y, sobre todo, para llamarme la atención, asumían otra vez esas poses exageradas a las que los ojos suplicantes y vencidos restaban veracidad. Esas miradas, en las que parecía acumularse la última esperanza que les quedaba, son la imagen más fuerte que me quedó de ellos y la última prueba también de la persistencia de aquello que, con sus actitudes tan poco naturales, trataban de vencer o disimular. Puede decirse que, de algún modo, son esas miradas las que me ayudan a sostener, en la noche nítida, la pluma. Los ojos de los indios traicionaban siempre esa presencia inenarrable. Nunca vi a nadie hundirse en un pantano, pero pienso que, en tal situación, cuando hasta la posibilidad de debatirse le está vedada y se ve obligado a la inmovilidad para no colaborar con lo que se lo traga, los ojos de un hombre atrapado en un abismo viscoso no deben mirar de otra manera. Esas miradas, que tantos hombres han aprendido a disimular, son como el reverso que refuta, constante, la carnadura falsamente orgullosa de lo visible. Son ellas las que demuestran que la compasión es justificada pero inútil, las que desmantelan, con su pavor discreto, el lujo de la apariencia. Pese a su brillo apagado, empañadas por lo que las obsede, son sin embargo, o a causa de ello tal vez, meridianas. De tanto denotar sus orígenes, se vuelven esclarecedoras: el que las ve en su insistencia desesperada, el que percibe, a pesar de los esfuerzos que tratan de ocultarlo, su sentido, puede considerarse al tanto del precio de este mundo.

Me habían preparado, como a mis predecesores, una canoa cargada de comida que se balanceaba en la orilla. Divididos entre la voluntad de abrirme paso y de hacérseme presentes, los indios se agitaban con gestos contradictorios que instauraban un desorden ruidoso en la muchedumbre. Los últimos metros los atravesé casi en el aire, soliviantado por brazos fuertes y ansiosos, hasta que me encontré sentado, como por milagro, en la canoa. Casi al mismo tiempo, varios indios, entrando en el agua, la empujaban río abajo. Yo los dejaba, inmóvil, sin siquiera haber tocado el remo, viendo, mientras me alejaba, la muchedumbre arracimada en la playa, de la que los más próximos a la canoa, con el río que ya estaba llegándoles casi a la cintura, parecían los últimos islotes de un continente atormentado que se adentraba en el océano. Muchos corrían río abajo, por la orilla, gesticulando hacia la canoa. Uno se zambulló y se puso a acompañarla a nado. Cada dos o tres brazadas se paraba y, emergiendo del agua, me hacía gestos desmesurados y se golpeaba el pecho; después volvía a zambullirse y seguía nadando. Yo me aferré por fin al remo, para orientar mejor la embarcación. A medida que me alejaba, lo que transcurría ante mis ojos iba ganando sentido en vez de perderlo, y el conjunto de la tribu, sacudida por un clamor ambiguo, fue por primera vez una evidencia que yo podía percibir desde afuera, hasta tal punto que el que nadaba a mi lado, o los que seguían corriendo por la orilla para acompañar la canoa, con el fin de hacerse notar, de que yo los reconociese y los guardase más que a los otros o más frescos en mi memoria, por el hecho mismo de haberse separado de la tribu, en vez de volverse más nítidos, paradójicos, se borraban. Es verdad que ahora puedo recordarlos por separado, pero no son más que *el que nadaba junto a la canoa o los que seguían corriendo por la orilla,* sin que pueda afirmar, a ciencia cierta, que era ése el papel que hubiesen querido representar. Pero, por fin, también ellos pararon. El nadador se dirigió, chorreando agua, agobiado por el esfuerzo, hacia la orilla, y los otros corrieron un trecho más y se quedaron inmóviles. Los ¡*Def-ghi*! ¡*Def-ghi*! que habían estado dirigiéndome hasta último momento, dejaron de oírse y ya casi nadie gesticulaba, nadie hacía señas ni realizaba actos irrisorios que le hicieran distinguirse de la muchedumbre anónima, de modo que yo podía verlos, estáticos y numerosos, contra el fondo de árboles que se abría en semicírculo detrás de la playa, más acá de las construcciones que dejaban ver, fragmentarias, la vegetación, bajo el sol único que ya declinaba sobre la tierra amarillenta, en un cielo verdoso, enfrentados al río salvaje que apenas si agitaba, avanzando, la canoa. Mientras me alejaba río abajo, sin destino conocido, sentía algo que recién esta noche, sesenta años más tarde, cuando ya no se despliega, frente a mí, casi ningún porvenir, me atrevo, sin estar sin embargo demasiado seguro, a formular: que no venía nadie, remando río abajo, en la canoa, que nadie existía ni había existido nunca, fuera de alguien que, durante diez años, había deambulado, incierto y confuso, en ese espacio de evidencia. Así hasta que un recodo del río borró, abrupto, la visión, y salí de ese sueño para siempre.

La corriente me iba llevando, firme, en el atardecer. Yo orientaba con el remo, y sin mucho esfuerzo, la canoa. Durante horas no se oía más que el ruido del remo y a veces el tumulto de pájaros que ese ruido ocasionaba cuando me aproximaba demasiado a la orilla; sin ruido, adormilados, los yacarés bajaban del barro de las costas carcomidas al agua. A veces, un pescado saltaba y sin ser totalmente visible en la superficie a la que había subido para mandarse, de una boqueada, alguna minucia comestible, se dejaba adivinar por el ruido que hacía, más o menos intenso según su tamaño, y por el penacho de agua blanquecina que levantaba. Los he visto amarillos, como acorazados de oro, atigrados, de un verde cobrizo, con cabezas de gato o de serpiente, algunos dos veces más altos que un hombre, gordos como vacas —diversidad viva y misteriosa que ha hecho de ese río su hogar. Insectos, pájaros, pescados, bestias y hasta monstruos si se quiere: de toda esa fiebre animal yo, con la lucecita encendida dentro de mí, como la llama de una vela capaz de resistir a todos los vientos, que hubiese debido abarcarlos con mi propio ser, derivaba, perdido y abandonado, en la exterioridad pura. Llegó la noche. Era una noche sin luna, muy oscura, llena de estrellas; como en esa tierra llana el horizonte es bajo y el río duplicaba el cielo yo tuve, durante un buen rato, la impresión de ir avanzando, no por el agua, sino por el firmamento negro. Cada vez que el remo tocaba el agua, muchas estrellas, reflejadas en la superficie, parecían estallar, pulverizarse, desaparecer en el elemento que les daba origen y las mantenía en su lugar, transformándose, de puntos firmes y luminosos, en manchas informes o líneas caprichosas de modo tal que parecía que, a mi paso, el elemento por el que derivaba iba siendo aniquilado o reabsorbido por la oscuridad.

El cansancio me llevó a la orilla. Me dormí en la canoa. En el alba, una voz me despertó. *Tiene barba, decía,* cautelosa, pero no lejos de mis oídos. Cuándo abrí los ojos, dos barbudos, que aferraban armas de fuego, inclinados hacia mí, me observaban, sorprendidos. Cascos relucientes coronaban sus cabezas; parecían cansados y un poco simples. Como yo dormía con la cabeza hacia tierra y ellos estaban inclinados hacia mí desde la orilla, al principio tuve un sobresalto, porque vi sus caras al revés y creí —salía de un sueño—, que eran una especie particular de aborígenes, a los que la naturaleza les había dado, por capricho, cabezas invertidas, pero al incorporarme, brusco, asustando un poco a los dos hombres que se irguieron amenazándome con sus armas, pude comprobar que las cabezas estaban en el lugar adecuado y que las caras que me contemplaban no sin espanto se parecían mucho a tantas otras que había visto, durante mi infancia, en los puertos. Para apaciguarlos, empecé a contarles mi historia, pero a medida que hablaba veía crecer el asombro en sus expresiones hasta que, después de un momento, me di cuenta de que estaba habiéndoles en el idioma de los indios. Traté de hablar en mi lengua materna, pero comprobé que me la había olvidado. Con gran esfuerzo, logré al fin proferir algunas palabras aisladas, formulándolas, por costumbre, con la sintaxis peculiar de los indios, lo cual, si bien no aclaró las explicaciones, les dio, a los dos hombres, junto con mi aspecto físico, la prueba de que, como ellos, también yo era un extraño en ese lugar de pesadilla.

Me ordenaron que los siguiera. Río abajo, en la orilla, había un campamento y, un poco más lejos, una nave inmóvil en medio del río. Todo tenía, en el alba avanzada, ese color singular que anuncia días de exclusión y delirio. Las barbas de los hombres, como máscaras rígidas, envolvían expresiones pálidas y un poco ansiosas. Por la dificultad mutua en el trato, me doy cuenta de que diez años entre los indios me habían desacostumbrado a esos hombres. Cuando llegamos al campamento, los hombres me sustrajeron a la curiosidad de los subalternos que trabajan en la orilla, y me llevaron en presencia de un oficial que empezó a interrogarme sin que yo, a pesar de mis esfuerzos bien intencionados, lograra entender gran cosa. Sus palabras, que él profería con lentitud para facilitar mi comprensión, eran puro ruido, y los pocos sonidos aislados que me permitían representarme alguna imagen precisa eran como fragmentos más o menos reconocibles de un objeto que me había sido familiar en otras épocas, pero que ahora parecía haber sido despedazado por un cataclismo. Y, contrariamente, a cada silencio que el oficial hacía para dejarme intercalar la respuesta, las pocas palabras en nuestro idioma común que yo era capaz de formular, venían como envueltas entre los racimos o las redes de las que había aprendido entre los indios y que parecían, como las plantas que crecían en la región, más fuertes, más rápidas, más fáciles y más numerosas. Al final, terminamos comunicándonos por señas: sí, había indios a menos de una jornada, río arriba; contra la corriente, tal vez llevaría más tiempo llegar; se llamaban *colastiné;* no, no tenían ni oro ni piedras preciosas, pero lanzas y arcos y flechas, en cambio, sí; sí, sí, comían carne humana. El oficial sacudía la cabeza, un poco impaciente. Aunque, como lo supe más tarde, era la primera vez que pisaba esa tierra, consideraba cada una de mis respuestas rudimentarias como la confirmación de sus propias sospechas y pareceres, y tomaba cada una de las características de los indios, por inocente que fuese, como una afrenta personal. Tuve la impresión de que hasta yo le parecía sospechoso, como si mi larga permanencia en esa tierra me hubiese contaminado de alguna fuerza negativa Por poco me manda al calabozo, pero a último momento condescendió a ponerme en manos de un cura. Ese oficial era lo que en estas naciones se suele llamar una bellísima persona: tenía el pelo y la barba negros, lacios y bien recortados, un cuerpo atlético *y* proporcionado, la piel bronceada y saludable a causa de su largo comercio con el mar y con la intemperie y aun en ese amanecer insólito, en esas costas barrosas que acechaban, con atención disimulada, cocodrilos, arañas y naturales, parecía vestido como para asistir a un baile en la corte, con camisas almidonadas, metales relucientes, rígido, lustroso y elegante. Cuando se juzgó lo bastante informado pareció olvidarse de mi presencia y empezó a dar órdenes que sus subalternos ejecutaban con rapidez y devoción —en los pocos días en que tuve ocasión de observarlo pude comprobar que los marineros y los soldados lo veneraban y sus bromas, siempre lacónicas y envaradas, contribuían a aliviar no poco los trabajos brutales de todos los que estaban bajo su mando, como si él fuese consciente de los privilegios que ese mando suponía y sintiese compasión y hasta cierto amor por sus hombres, pero apenas lo tuve enfrente sentí por él una especie de repulsión que en los días siguientes no hizo más que aumentar. Los hombres volvieron, rápidos, al barco anclado en medio del río, llevándodome con ellos, y durante un par de horas prepararon, con despliegue de armas y de gritos, una expedición. Hasta el anochecer, el barco navegó río arriba y volvió a inmovilizarse lejos de las orillas. Yo pasé la noche en un rincón de cubierta, asistido por el cura que, después de darme de comer, entre largos momentos de silencio, me interrogaba con dulzura pero sin resultado: el cansancio, o esos acontecimientos inciertos y distantes que transcurrían, para, al parecer, mis sentidos, no encontraban, en el fondo de mi ser, un lenguaje que los expresara. A la mañana siguiente, el oficial me volvió a interrogar, señalándome las orillas y, con ademanes, le expliqué que el caserío no estaba lejos y, como estábamos cerca de la borda, comprobé que durante la noche otra nave había anclado cerca de la nuestra. De la segunda, varias embarcaciones cargadas de hombres armados se aproximaban a la nuestra, en la que también la tripulación se preparaba. Hasta último momento, el oficial parecía dispuesto a llevarme con él en su expedición, pero esa especie de desconfianza hacia mi persona, que le venía tal vez de haber adivinado, aun sin darse cuenta, la repulsión que me inspiraba, lo indujo no únicamente a dejarme a bordo, sino a mandarme con el cura a la bodega, como si temiese de mí traición o maleficio. Debo decir que en los primeros tiempos la curiosidad que despertaban mi aventura y mi persona venía mezclada de sospecha y de rechazo, como si mi contacto con esa zona salvaje me hubiese dado una enfermedad contagiosa, y, por el hecho de haber sido sustraído durante tanto tiempo a la zona a la que esos hombres pertenecían, yo hubiese vuelto a ellos contaminado por lo exterior.

La expedición salió a media mañana y volvió al anochecer; habían encontrado los árboles, la playa semicircular, el caserío, pero ni rastro de los supuestos habitantes. Ceniza todavía tibia se mezclaba a la tierra arenosa. El oficial me mandó llamar para interrogarme por tercera vez. El cura me acompañaba. Con señas cansadas, con frases fragmentarias que mezclaban palabras en los dos idiomas y otras que los combinaban sin existir en ninguno de los dos, a pedido del oficial conté que sin duda los indios habían visto llegar las naves y que, como yo había podido observarlo varias veces durante las crecidas o ante el peligro de invasión por alguna tribu vecina, se habían retirado hacia el interior de las tierras. El oficial, entrecerrando los ojos, sacudía la cabeza con movimientos lentos y afirmativos, como si él ya hubiese previsto ese desaire. De sus gestos parecía emanar la convicción de que los indios, en vez de replegarse tierra adentro al verlo llegar con sus embarcaciones llenas de soldados armados, hubiesen debido, en razón de quién sabe qué obligación, quedarse a esperarlo. Era como si ese oficial hubiese tenido la pretensión de que los indios conociesen de antemano los planes que él concebía respecto de ellos y que, aprobándolos sin vacilar, realizasen todos los actos que exigía su consumación. Para el oficial, la idea de que los indios pudiesen tener un punto de vista propio sobre esos planes parecía inconcebible.

Después de haberme vaciado con preguntas que se repetían, inútiles, me transfirieron, con cura y todo, a la otra nave. Nuevos oficiales se encargaron de mí, interrogándome bajo la mirada curiosa de los marineros, hasta que me relegaron a un rincón cualquiera de la cubierta. A la ropa que me habían dado para ocultar mis genitales el primer día, se agregó una camisa y un calzado que, al principio, no hubo forma de hacer entrar. La ropa me raspaba la piel, me hacía sentir extraño, lejos de mi cuerpo, pero poco a poco me fui olvidando de que la llevaba puesta y me acostumbré a ella. A la mañana siguiente, el cura me despertó para recortarme la barba y el cabello y darme algo de comer. Por él supe que una nueva expedición había salido, al alba, hacia la costa y que, a partir de ese momento, nuestra nave había empezado a navegar río abajo. Me asomé a la borda, pero no vi más que el gran río salvaje, que corría hacia el mar, y las costas vacías y silenciosas. No había ni rastro de indios o soldados, y eso que no hacía mucho que navegábamos. Nos detuvimos recién al anochecer. De las orillas que había venido dejando atrás y que ahora flanqueaban, a lo lejos, la nave detenida, agobiaba tanta mudez. Yo escrutaba el horizonte de agua, sin saber bien por qué. Esa noche, después de su ausencia periódica, salió la luna, un arco amarillo. Yo contemplaba, desde la cubierta invadida de mosquitos, por entre los mástiles y las cuerdas, numerosas, las estrellas. Pero ningún ruido subía hacia ellas; de río arriba no llegaba, hasta la cubierta adormecida, más que el mismo silencio ininterrumpido del día entero.

Nada distinto sucedió al siguiente. Al alba seguimos navegando río abajo y al anochecer volvimos a anclar. La tripulación parecía desinteresarse por completo de la nave que habíamos dejado más arriba, entre islas chatas y olvidadas. Yo era el único que miraba, ansioso, más allá de la estela que íbamos dejando. En el amanecer del tercer día, los signos tan buscados llegaron: como, contrariamente a nuestra nave, no se habían detenido durante la noche, muchos cadáveres nos habían sacado ventaja y flotaban más allá de la proa. Había no pocos soldados, pero en su mayoría eran indios. Había hombres, viejos, mujeres, criaturas. De los soldados, muchos llevaban una flecha clavada en el pecho o en la garganta. Corrí a la popa y pude comprobar que, al igual que a la proa, e incluso a babor y a estribor, muchos cadáveres se le acercaban, flotando casi con la misma rapidez que la nave, de modo tal que durante los dos o tres días que fueron pasando, la nave seguía su rumbo río abajo escoltada por una muchedumbre de cadáveres. Los marineros señalaban a algunos soldados cuyos rostros dormidos emergían del agua, satisfechos de reconocerlos. Pero los oficiales dieron orden de dejarlos flotar. Eran, entre indios y soldados, muchos muertos rígidos y borrosos, como una procesión callada derivando cada vez más rápido hasta que, cuando el río alcanzó la anchura de su desembocadura, en el mar dulce que había descubierto, diez años antes, el capitán, los cadáveres se dispersaron y se perdieron en dirección al mar abierto y hospitalario. Ese mismo día supe que a ese mar la nave lo cruzaría, como a un puente de días inmóviles, bajo un sol cegador, hacia lo que los marineros llamaban, no sin solemnidad obtusa, nuestra patria.

Día tras día, el idioma de mi infancia, del que no habían parecido persistir, en las primeras horas, más que pedazos indescifrables, fue volviendo, íntimo y entero, a mi memoria primero, y después poco a poco a la costumbre misma de mi sangre. El cura, con su insistencia, me ayudaba, pero en él la sospecha hacia mi persona, a pesar de que cumplía puntual con su deber de caridad, era más grande que en los otros, porque parecía convencido, como pude ir dándome cuenta por la orientación de sus preguntas, de que la compañía de los indios, de los que él, por otra parte, no sabía nada, había sido para mí una ocasión de probar todos los pecados. Ese cura, que durante tres o cuatro meses se ocupó de mi persona hasta que, aliviado, pudo dejarme en buenas manos, veía mi proximidad como la del demonio y de no haber sido por su rectitud y por su observancia meticulosa de las obligaciones eclesiásticas, me hubiese abandonado, porque era evidente que mi persona le inspiraba más miedo que compasión. La desconfianza que yo despertaba alcanzaba en el cura más certidumbre que en ningún otro: si yo hubiese sido leproso, me hubiese sin duda rozado con más naturalidad. Ese resquemor hacia mi persona fue, en los primeros tiempos, tan generalizado, que por momentos llegué a preguntarme si no había habido, en mi sobrevivencia y en mi larga estadía entre los indios, algún delito secreto del que cualquier hombre honrado debía sentirse culpable, o si los indios, sin que yo lo supiese, me habían hecho solidario de su esencia pastosa, y yo andaba paseándome entre los hombres como un signo viviente que era evidente para todos menos para mí. El viaje y la llegada fueron puro interrogatorio y miradas discretas o escrutadoras de hombres que trataban de arrancarme cosas que, en el fondo, los obsesionaban a ellos pero que yo desconocía. Oficiales, funcionarios, marineros, sacerdotes, parecían padecer la misma obsesión de la que, como yo, también ignoraban todo. Y de las sospechas insistentes y sin contenido con que consideraban mi persona, ni ellos ni yo podíamos decidir si eran o no justificadas.

Un solo hombre no las sintió, menos por piedad que por discreción. Ese hombre, el padre Quesada, murió hace más de cuarenta años. Cuando el cura que me acompañaba en el barco y que me trajo hasta aquí como se puede traer una brasa en la palma de la mano, después que fui interrogado, estudiado, llevado y traído por sabios y cortesanos, preocupado más por su salvación que por la mía, y convencido, por su misma credulidad, de que ambas estaban ligadas, empezó a sentir que llegaba el momento de librarse de mi persona, sugirió a algunos principales que no había para mí más destino posible que la religión. Gracias a la convicción que ese cura tenía de que en mí residía el demonio, pude conocer al padre Quesada. Con él pasé siete años en un convento desde el que se divisaba, en lo alto de una colina, un pueblito blanco.

Desde que los soldados, en el amanecer, me encontraron durmiendo en la canoa, hasta la media tarde en que a caballo llegué, custodiado, al convento, habían pasado muchos meses que me fueron hundiendo, como en un charco de agua turbia, en la tristeza. En la boca, las palabras se me deshacían como puñados de ceniza, y todo parecía, en el día indiferente, desolador. La tentación de no moverme, de no hablar, de volverme cosa olvidada y sin conciencia, me iba invadiendo, día tras día. Durante cierto período, la caída de una hoja, una calle en el puerto, el pliegue de un vestido o cualquier otra cosa insignificante, bastaban para que casi me pusiese a llorar. A veces podía sentir que algo dentro de mí se adelgazaba hasta casi desaparecer y el mundo, entonces, empezando por mi propio cuerpo, era una cosa lejana y extraña que mandaba, en lugar de significación, un zumbido monótono. Cuando no me asediaban esos extremos, atravesaba, como entredormido, los días, insensible al espesor y a la rugosidad de las cosas, y empobrecido por la indiferencia. En pocos meses, empezó a serme difícil cualquier gesto o movimiento. Pasaba horas enteras parado junto a una ventana, sin ver ni el vidrio ni el exterior. Mi primer deseo, al despertarme a la mañana, era que la noche llegara pronto para poder echarme a dormir. Cuando no andaban llevándome y trayéndome para preguntas y observaciones, me quedaba el día entero en mi camastro, en un entresueño vacío. Era como si, sin haberlo pensado nunca hasta ese entonces, le estuviese pidiendo ayuda al olvido para sacarme de algo que me enterraba bajo capas cada vez más espesas de pena sin causa y de pesadumbre.

De esa miseria me fue arrancando, con su sola presencia, el padre Quesada. No era únicamente un hombre bueno; era también valeroso, inteligente y, cuando estaba en vena, podía hacerme reír durante horas. Los otros miembros de la congregación simulaban reprobarlo; en el fondo, lo envidiaban. Cuando yo lo conocí, tenía cincuenta años: la barba entrecana y los cabellos revueltos y ya algo ralos lo avejentaban un poco, pero su cuerpo era espeso y musculoso, y la cabeza se mantenía firme entre los hombros gracias a un cuello tenso y lleno de vigor. Las venas, los músculos, la piel, siempre oscura y quemada por el sol, recordaban las raíces y la leña seca y retorcida. Cuando lo vi por primera vez, estaba volviendo al convento de un paseo a caballo, de modo que entró después que yo y mi custodia y recuerdo que oí los cascos del caballo antes de ver al jinete y que me di vuelta cuando observé la mirada vagamente reprobatoria que le dirigía el fraile que nos estaba recibiendo. Su pelo revuelto y entrecano se recortaba, largo y sedoso, contra el sol declinante, y el sudor le corría por la frente y los pómulos, para ir a perderse, un poco sucio, entre la barba gris. De su persona emanaba una insolencia resignada y generosa. Supe, por la mirada rápida que me dirigió, que adivinaba mis penas, las justificaba y las compadecía. Y, sin embargo, esa mirada era sonriente, casi irónica, como si él hubiese visto más claramente que yo en mi propio misterio y hubiese retrotraído, gracias a su comprensión, el sufrimiento a una dimensión tolerable. Esa mirada irónica, que tanto irritaba a sus pares, tenía la firmeza de un metal al que la llama trabaja, constante, sin lograr su destrucción. En ese sentido, puede decirse que era menos humana, ya que desconocía la inquietud errabunda del pánico y de la distracción resignada. Ese primer encuentro, que duró unos pocos segundos me dio no tanto coraje ni lucidez, como, leve y confusa, alguna esperanza. El padre Quesada nos saludó con una inclinación de cabeza, y dirigió el animal hacia los establos.

Era un hombre erudito, e incluso sabio. Todo lo que puede ser enseñado lo aprendí de él. Tuve, por fin, un padre, que me fue sacando, despacio, de mi abismo gris, hasta hacerme obtener, por etapas, lo máximo que puede acordarnos este mundo: un estado neutro, continuo, monocorde, equidistante del entusiasmo y de la indiferencia y que, de tanto en tanto, por alguna exaltación modesta, se justifica. No fue fácil; más que el latín, el griego, el hebreo y las ciencias que me enseñó, fue dificultoso inculcarme su valor y su necesidad. Para él, eran como tenazas destinadas a manipular la incandescencia de lo sensible; para mí, que estaba fascinado por el poder de la contingencia, era como salir a cazar una fiera que ya me había devorado. Y, sin embargo, me mejoró. Le llevó años, y fue el amor a su paciencia y a su simplicidad, más que al conocimiento, lo que sostuvo mis esfuerzos. Después, mucho más tarde, cuando ya había muerto desde hacía años, comprendí que si el padre Quesada no me hubiese enseñado a leer y escribir, el único acto que podía justificar mi vida hubiese estado fuera de mi alcance.

Me acuerdo que, en los primeros días, no volví a encontrarlo, y después supe que se había ido a Córdoba y a Sevilla a discutir con amigos y a buscar unos tratados. Su saber le daba libertades que los otros miembros de la comunidad consideraban excesivas, pero como no pocas autoridades venían a consultarlo, no les quedaba más remedio que tolerarlo.

En el caballo me había parecido grande, pero cuando lo volví a ver, a pie y en una de las galerías del convento, comprobé que era de baja estatura. Era, sin embargo, la pequeñez de su cuerpo lo que parecía irradiar, multiplicándola y reconcentrándola, su fuerza. Pero se trataba de una fuerza discreta, ajena a toda ostentación y, desde luego, a toda violencia. Era, tal vez, no tanto una fuerza como una firmeza, una cualidad que, a pesar de su modestia o incluso de sus arranques de orgullo, usaba menos para convencer o para transformar que para mantenerse impasible. Tenía una forma particular de humildad, consistente en ridiculizarse a sí mismo con expresiones pensativas y zumbonas, lo que era festejado no tanto por los que lo querían como por los que lo detestaban, deseosos, sin duda, de confirmar sus calumnias en la realidad. La risa excesiva y vulgar con que recibían la caricatura que el padre hacía de sí mismo era como la prueba audible, a causa de su desmesura, de esa esperanza. Y el padre, que se daba cuenta, insistía en ponerse en ridículo, por pura caridad. Los pocos que lo querían en el convento se apesadumbraban, y él simulaba ignorarlo, como si exigiese de ellos la misma humildad. Yo, que no me hubiese atrevido a hacerle ninguna objeción, percibía, un poco a distancia, por ser recién llegado, la situación, y no lograba saber si había o no algún cálculo en su actitud porque, al ir conociendo poco a poco a los otros religiosos, me daba cuenta de que, bajo su aspecto piadoso y bonachón, muchos de ellos, por tener la autoridad de su parte, eran capaces de cometer los delitos más grandes. Sin duda el padre Quesada deponía su orgullo para no herirlos, ya que eran ignorantes, supersticiosos, mezquinos, acomodaticios, leguleyos y pueriles, pero también para protegerse, porque, a pesar de sus aires mansos y mesurados, eran capaces de mandar a un hombre a la hoguera. El padre Quesada tenía, sin duda, desde el punto de vista de la religión, algunos defectos; pero los otros religiosos los tenían también, sin poseer, en cambio, ninguna de sus virtudes. Se murmuraba que, en Córdoba y en Sevilla, adonde iba con frecuencia, el padre tenía concubinas, cosa que, aparte de serme completamente indiferente, nunca se me dio por comprobar. Lo que es seguro era su amor desmedido por el vino, pero esto, me parece, en vez de corromperlo lo mejoraba. Las cualidades que cuando estaba fresco disimulaba por humildad, cuando había tomado un poco de vino en compañía de sus amigos salían a la luz del día, y, sin que él mismo lo advirtiese, lo mostraban todavía más digno de amor. Durante noches enteras nos maravillaba y nos hacía reír, y todos los temas de conversación le eran familiares. Era un filósofo fino y abierto, un razonador paciente y exacto, pero la vida de todos los días le interesaba tanto como la física o la teología. Al final, cuando ya había tomado demasiado, se ponía triste, pero de una tristeza generosa, por los destinos ajenos, ya que del suyo propio ni una sola vez en siete años lo oí quejarse. Ya en las madrugadas que no refrescaban, un poco sudoroso a causa del vino, se quedaba silencioso, mirando el vacío sin parpadear, y de pronto, sacudiendo la cabeza, empezaba a hablar, por ejemplo, de Simón Cireneo, compadeciéndolo por ese azar que lo había puesto en el camino de la cruz transformándolo en instrumento del calvario, o de San Pedro que, después de haber negado tres veces a Jesucristo, se había echado a llorar. A esa altura, sus amigos se dirigían sonrisas disimuladas y empezaban a despedirse, seguros de que cinco minutos más tarde el padre ya estaría roncando en su sillón. Yo lo incitaba a levantarse, y él, dócil y distraído, se dejaba acompañar, apoyándose contra mi hombro, hasta su celda, y antes de que yo hubiese cerrado la puerta detrás de mí, dejándolo estirado sobre su cama, ya se había dormido. Ese gusto por el vino fue creciendo con los años y las reuniones con los amigos, que en los primeros meses de mi estancia en el convento se hacían una vez por mes, o una vez cada quince días, en los últimos tiempos tenían lugar una vez por semana e incluso hasta dos o tres. El padre decía que sentía dolores fuertes en la espalda, y que únicamente el vino se los hacía pasar. En los últimos meses de su vida, sin embargo, no tomaba más nada, y todavía hoy me pregunto si no fue eso lo que lo mató. Lo cierto es que una mañana salió temprano a caballo, y que unas horas más tarde el animal volvió solo al establo; cuando lo encontramos, al anochecer, en la sierra solitaria, estaba muerto, sin herida visible, a no ser un poco de sangre que le había salido por la nariz y que ya se había secado sobre su barba blanquecina, pero nunca supimos si fue la caída o un ataque lo que lo mató. Como era pleno verano, ha de haberse ido muriendo, bajo el cielo abierto, de cara a la misma luz intensa e indescifrable que había enfrentado su inteligencia en los días de su vida.

Si se ocupó de mí, fue por compasión, no por curiosidad, aunque a medida que fue conociéndome, mi caso, como a veces se le decía a mi situación peculiar, empezó a interesarle más y más. Debo decir que la muerte del capitán y de mis compañeros, que había tenido lugar ante los ojos mismos de la gran mayoría de la tripulación que había quedado en los barcos y que observaba la escena desde la borda, cuando esos barcos regresaron a sus puertos de partida, se había difundido por todas las grandes ciudades y durante muchos meses había sido discutida, amplificada, tergiversada, y llevada y vuelta a traer sin descanso de los puertos a las cortes y de las cortes a los centros comerciales. Varios casos semejantes habían ocurrido en otros puntos del África o las Indias. En uno de ellos, unos indios habían secuestrado a un grupo de marineros y el resto de la tripulación, en vez de retirarse, decidió, después de largas deliberaciones, acudir en su rescate, pero cuando la tripulación llegó al caserío de los indios fue para descubrir que los indios se habían comido crudos a sus prisioneros y apenas si quedaban de ellos algunos huesos filamentosos y algunos cráneos pelados. La condición misma de los indios era objeto de discusión. Para algunos, no eran hombres; para otros, eran hombres pero no cristianos, y para muchos no eran hombres porque no eran cristianos. El padre Quesada me hacía, de tanto en tanto, durante las lecciones, preguntas que a veces me desconcertaban, pero cuyas respuestas él anotaba, haciéndomelas repetir para obtener detalles suplementarios. ¿Tenían gobierno? ¿Propiedades? ¿Cómo defecaban? ¿Trocaban objetos que fabricaban ellos con otros fabricados por tribus vecinas? ¿Eran músicos? ¿Tenían religión? ¿Llevaban adornos en los brazos, en la nariz, en el cuello, en las orejas o en cualquier otra parte del cuerpo? ¿Con qué mano comían? Con los datos que fue recogiendo, el padre escribió un tratado muy breve, al que llamó *Relación de abandonado* y en el que contaba nuestros diálogos. Pero debo decir que, en esa época, yo estaba todavía aturdido por los acontecimientos, y que mi respeto por el padre era tan grande que, intimidado, no me atrevía a hablarle de tantas cosas esenciales que no evocaban sus preguntas.

Una vez, en una de las reuniones con los amigos, le oí decir, con una sonrisa, sacudiendo un poco la cabeza, que los indios eran hijos de Adán, putativos sin duda, pero hijos de Adán, lo cual significaba para él que eran hombres. Yo, silencioso, pensé esa noche, me acuerdo bien ahora, que para mí no había más hombres sobre esta tierra que esos indios y que, desde el día en que me habían mandado de vuelta yo no había encontrado, aparte del padre Quesada, otra cosa que seres extraños y problemáticos a los cuales únicamente por costumbre o convención la palabra hombres podía aplicárseles.

El convento, que hubiese debido ser un lugar de retiro, era un ir y venir interminable. Los religiosos de buena familia tenían sus propios servidores, y los extraños entraban y salían a toda hora: eran parientes, visitas, campesinos, artesanos, vendedores y muchos religiosos de paso por la región que pernoctaban en el convento. Cada fraile recibía a sus amigos, a sus protectores, y más de uno a sus queridas. Los novicios eran los mandaderos de los que ya habían sido ordenados, y las fiestas religiosas, que empezaban a la mañana temprano con la misa, se prolongaban un día o dos en diversiones y comilonas. De vez en cuando, el superior reunía a los padres y los exhortaba a la discreción. Pero él mismo, que tenía muchas relaciones entre gente de posición, se lo pasaba recibiendo a artistas y principales y organizando procesiones y justas poéticas en honor de tal o cual santo y de las que exigía que superasen en brillo a las que tenían lugar en los conventos de las inmediaciones. Una vez, un pintor de la corte vino a instalarse entre nosotros para pintar una Cena destinada al refectorio. Permaneció casi un ano en el convento, produciendo un gran revuelo con sus preparativos; nos observaba con atención, de frente, de perfil, nos hacía mostrarle las manos y asumir las poses más extrañas, nos vestía de muchos modos diferentes. Por fin eligió sus modelos y empezó a pintar. El convento entero tenía que estar a su disposición y le daba órdenes a todo el mundo, incluso al superior, que se mostraba con él sumiso y reverencioso, pero parecía sentir un gran placer por tenerlo en el convento y le concedía hasta lo menores caprichos. Ese pintor siempre estaba pidiendo cosas que había que procurarle en el acto, e incluso mientras pintaba se lo oía hablar en voz alta si uno pasaba frente a la puerta de la habitación en la que trabajaba. Pero a veces, cuando terminaba el día y empezaba a faltarle luz, despedía con aire cansado y distraído a sus modelos, y después de ordenar con minucia y precaución sus materiales, llevando un poco de vino bajo la capa, se dirigía a la celda del padre Quesada y se quedaba conversando con él, entre los muros cubiertos de libros, discreto y apacible, hasta mucho después de medianoche.

Fue la presencia del padre lo que me retuvo en el convento. Si hubiera sido por mí, no hubiese durado tanto. Yo tenía hábito de intemperie, de silencio verdadero, de soledad, y todo ese tráfico me mareaba. Por otra parte, el padre había adivinado que de la religión que debía regenerarme yo no percibía otra cosa que el ruido monótono de palabras sin sentido y la repetición ritual de manipulaciones vacías. En los primeros días, antes de que el padre me tomara a su cargo, me habían puesto en manos de un exorcista para que, con fórmulas latinas, me librara de mis demonios. Después de varias semanas, el padre intervino y consiguió que me dejaran en paz. Yo empecé por servirle la mesa, por poner orden en su celda, y él, poco a poco, me fue enseñando a leer y a escribir, y como vio que progresaba rápido, decidió informarme de otras cosas porque, me dijo, yo acababa de entrar en el mundo y había llegado desnudo como si estuviese saliendo del vientre de mi madre. Yo casi nunca hablaba, y él respetaba mi silencio. Hay, me dijo una vez, poco tiempo antes de morir, dos clases de sufrimiento: en una, se sabe que se sufre y, mientras se sufre, una vida mejor, cuyo gusto persiste todavía en la memoria, es escamoteada; en la otra, no se sabe, pero el mundo entero, hasta la más modesta de sus presencias, se presenta, para el que lo atraviesa, como un lugar desierto y calcinado. Ese sufrimiento ignorado, me decía el padre, sin mirarme por temor, sin duda, de verlo aparecer sin que yo mismo me diese cuenta en los relieves de mi cara, los exorcistas podían, si gustaban, con sus latinismos, ponerse a hostigarlo, pero era seguro que no existía sonda capaz de darle alcance y que, para borrarlo del mundo había, al mismo tiempo, que aniquilar el mundo con él.

A ese hombre bueno, que había encarado las cosas desde la dimensión justa que exige, sin entregar nada a cambio, lo verdadero, lo trajeron en un anochecer de verano, de vuelta al convento, callado y ausente y con la barba blanca apenas ensangrentada. Padre es, para mí, el nombre exacto que podría aplicársele —para mí, que vengo de la nada, y que, por nacimientos sucesivos, estoy volviendo, poco a poco, y sin temblores, al lugar de origen. No bien la tierra volvió a cerrarse sobre él, junté las pocas cosas que tenía, monté a caballo, y fui a perderme por un tiempo en las ciudades.

Los primeros, fueron años de sombra y ceniza. Yo deambulaba, como extinguido, por muchos mundos a la vez que, sin ley que los rigiesen, se entremezclaban, o más bien por cáscaras de mundo, por tierras exangües en cuyas estepas errabundeaban, a su vez, despojos sin espesor que guardaban, a causa de quién sabe qué prodigio, una apariencia vagamente humana. Algún milagro, seguro, me mantuvo en vida. Muchos días, la mendicidad y los basurales me daban de comer. Otros, trabajos temporarios y subalternos. Es verdad que los tiempos eran difíciles y que las costumbres de mi vida no coincidían mucho con las del resto de los hombres, pero debo reconocer que del choque con el mundo me había quedado, por esos años, una especie de aturdimiento, y que mis razones de vivir, e incluso mis ganas, eran casi inexistentes. Hasta ese entonces, el ser y el vivir habían sido una y la misma cosa y el ir viviendo había sido para mí un manantial de agua amarga pero ininterrumpida y firme; a partir del regreso, mi vivir fue volviéndose algo extraño que yo veía desenvolverse a cierta distancia de mí mismo, incomprensible y frágil, y que el más mínimo temblor desmoronaba. Mi vivir había sido como expelido de mi ser, y por esa razón, los dos se me habían vuelto oscuros y super-fluos. A veces, me sentía menos que nada —si por sentirse nada entendemos la calma bestial y la resignación; menos que nada, es decir caos lento, viscoso, indefenso, cuya lengua es balbuceo, y que por ser justamente menos que nada y por no poseer ni siquiera la fuerza ajena del deseo, se debate en el limbo espeso y como ciego del desprecio de sí mismo y de los sueños de aniquilación.

Una paz imprevista, sin embargo, en un lugar cualquiera, me esperaba. Una noche, en un comedero, unas personas que se emborrachaban en la mesa de al lado, después de la cena, entraron, ya no me acuerdo cómo, en conversación conmigo. Eran dos hombres, uno viejo y uno joven, y cuatro mujeres. Al observar que yo había estudiado un poco pensaron que era un hombre de letras, y supe que ellos, en cambio, eran actores. El vino nos acercó. Iban de pueblo en pueblo, de ciudad en ciudad, representando comedias para ganarse, con ese juego infantil, una vida miserable. Pero el viejo, que rengueaba un poco y que a pesar de su pobreza poseía cierta dignidad, era inteligente y no desdeñaba el placer de la conversación. Cuando se percató de que yo conocía el latín, el griego, que no ignoraba ni a Terencio ni a Plauto, me propuso que me uniese a ellos para compartir peligros y beneficios. El joven, que era su sobrino, llamaba primas a todas las mujeres. Sin dejar traslucir que para mí se trataba de elegir entre el teatro y los basurales, y con el coraje que infunde el vino nocturno, acepté la propuesta.

Salimos, de ese modo, a los caminos. Desde el carromato, yo veía desfilar olivos, trigo, pedregales. Esos campos vacíos me recordaban, a veces, el gran ayer único de mi vida. Un día en que acampábamos, entre unos árboles, en la proximidad de un arroyo, en una de esas siestas de primavera que segregan delicia, Mientras los demás dormían o se paseaban, plácidos, Por el campo, le conté al viejo mi historia. Me escuchó entre compadecido y maravillado y, cuando terminé, empezó a argumentar con entusiasmo, pero en voz baja y afiebrada, acercándoseme, mirando de reojo de tanto en tanto para todos lados, como si tuviese miedo de que lo que estaba proponiéndome, que para él parecía tener tanto valor como un tesoro enterrado, fuese oído por espías desconocidos que podían aprovecharse de sus proyectos. Según el viejo, lo que me había ocurrido hacía ya tantos años se había sabido en todo el continente, y todavía se hablaba de esos hechos con la tenacidad repetitiva con que se evocan las leyendas. Si nuestra compañía creaba una comedia basada en los acontecimientos y anunciaba su representación, nos esperaba, sin duda alguna, la riqueza. Con los ojos entrecerrados, sin parpadear, desde muy cerca y algo inclinado hacia mí, el viejo se quedó aguardando mi respuesta. Yo sabía que nuestro arte era descabellado, y nuestros objetivos, interesados y vulgares, pero la indiferencia es muchas veces la causa secreta de las empresas más sonadas y como la compañía, a pesar de sus manejos turbios que lindaban con la delincuencia, era amistosa y leal conmigo, me comprometí a escribirles una comedia y a mostrarme en los teatros representando mi propio papel.

No fue difícil. De mis versos, toda verdad estaba excluida y si, por descuido, alguna parcela se filtraba en ellos, el viejo, menos interesado por la exactitud de mi experiencia que por el gusto de su público, que él conocía de antemano, me la hacía tachar. Cuando estuvo lista, reunió a la compañía para que se la leyera en voz alta y, cuando terminé la lectura, ese público reducido, que me había escuchado adoptando las poses más adustas e inteligentes que había podido encontrar, se apiñó a mi alrededor, felicitándome por la perfección prosódica de mis versos y por la precisión aritmética de la acción. Cuando empezamos a ensayar, el viejo interpretaba al capitán, su sobrino al resto de mis compañeros, y las mujeres a los salvajes. A mí me reservaban, como atributo natural a una entidad todavía vacía, mi propio papel.

Empezamos a representar. Después de las primeras funciones, dondequiera que íbamos nuestra fama nos precedía. Ganamos tanta que nos hicieron venir a la corte y hasta el rey nos aplaudió. Yo me maravillaba. Viendo el entusiasmo de nuestro público, me preguntaba sin descanso si mi comedia transmitía, sin que yo me diese cuenta, algún mensaje secreto del que los hombres dependían como del aire que respiraban, o si, durante las representaciones, los actores representábamos nuestro papel sin darnos cuenta de que el público representaba también el suyo, y que todos éramos los personajes de una comedia en la que la mía no era más que un detalle oscuro y cuya trama se nos escapaba, una trama lo bastante misteriosa como para que en ella nuestras falsedades vulgares y nuestros actos sin contenido fuesen en realidad verdades esenciales. El verdadero sentido de nuestra simulación chabacana debía estar previsto, desde siempre, en algún argumento que nos abarcara, porque de otro modo los aplausos y los honores que se acumulaban a lo largo de nuestra gira, las fiestas y el oro que se nos deparaba eran una prebenda injustificada. Los reyes que venían a celebrarnos debían saber más que nosotros, de otro modo era absurdo que después de nuestras funciones ordenaran por lo bajo a sus tesoreros que un reconocimiento palpable nos fuese manifestado. Yo navegaba, neutro, en ese triunfo incierto. Mis colegas, en cambio, no dudaban. Gozaban, encantados, de la inocencia perfecta y fructífera del fabulador que, más por ignorancia que por caridad muestra, a espantapájaros que se creen sensibles y afectos a lo verdadero, el aspecto tolerable de las cosas. El hecho de que un buen pasar fuese la consecuencia les parecía ser la prueba irrefutable de un orden justo y universal. Años vivimos de ese malentendido. Lo más sorprendente es que, en todo ese tiempo, ninguna voz sensata se alzó para denunciarlo. En el clamor continuo que nos celebraba yo esperaba percibir, a cada momento, el silencio escéptico o reprobatorio que señalaría, de una vez por todas, nuestra superchería, hasta que me di cuenta de que ese silencio estaba en mí desde el primer día y que su sola presencia, por entre el rumor irrazonable de cortes y ciudades, reducía muchedumbres enteras a la mera condición de títeres sin vida propia o de fantasmagorías. Aprendí, gracias a esos envoltorios vacíos que pretendían llamarse hombres, la risa amarga y un poco superior de quien posee, en relación con los manipuladores de generalidades, la ventaja de la experiencia. Más que las crueldades de los ejércitos, la rapiña indecente del comercio, los malabarismos de la moral para justificar toda clase de maldades, fue el éxito de nuestra comedia lo que me ilustró sobre la esencia verdadera de mis semejantes: el vigor de los aplausos que festejaban mis versos insensatos demostraba la vaciedad absoluta de esos hombres, y la impresión de que eran una muchedumbre de vestidos deslavados rellenos de paja, o formas sin sustancia infladas por el aire indiferente del planeta, no dejaba de visitarme a cada función. A veces, a propósito, cambiaba el sentido de mis propios parlamentos, retorciéndolos hasta transformarlos en períodos huecos y absurdos, con la esperanza de que el público, reaccionando, desbaratase al fin la impostura, pero esas maniobras no modificaban en nada el comportamiento de las muchedumbres. Algo exterior a ellos, la fama que nos precedía o la leyenda que había dado origen a la comedia, había decidido de antemano que nuestra representación debía tener un sentido, y la muchedumbre, maquinal, lo encontraba de inmediato, extasiándose con él. De otros países del continente empezaron también a llamarnos, y como en ellos se hablaban otros idiomas, para que nos entendiera todo el mundo, transformamos, una nuche, el viejo y yo, la comedia en pantomima. Un nativo del lugar contaba en un prólogo los acontecimientos principales, y después aparecíamos nosotros para representarlos. La ausencia de palabras adelgazaba todavía más la comedia que, al volverse pantomima, se transformó en un esqueleto sumario y reseco del que ya no colgaba ni un pingajo, por exangüe que fuese, de vida verdadera. La música, el color, las volteretas, les daban a esos fantasmas que contemplaban nuestras evoluciones arbitrarias la ilusión de estar absorbiendo intensidad y sentido. En todo el continente, hasta en las cortes más oscuras y más gélidas, nuestro triunfo crecía. Yo me dejaba incorporar indiferente, en ese orden que se me escapaba.

Nos alcanzaron abundancia y mundanidad. El viejo y su sobrino cobraron aspecto de caballeros. Yo acumulaba, sin saber muy bien qué hacer con ellas, las ganancias. Además de mostrarse en las tablas disfrazadas de lo que ellas pensaban que eran salvajes, las mujeres putañeaban; el tiempo que les dejaban libres las representaciones se lo pasaban en camas de principales. Ya no parábamos en carromatos sino en albergues. Nos recibían en castillos y en conventos. A mí me entrevistaban, muy a menudo, sabios y funcionarios. Yo había aprendido del viejo que las respuestas más adecuadas que podemos dar son aquellas que ya se esperan de nosotros. Satisfechos de haberlas corroborado en el exterior, mis interlocutores volvían, después de nuestros encuentros, a instalarse en la atmósfera tibia de sus propias convicciones. Yo me quedaba solo, con mi risa muda y amarga que, con los años, fue adquiriendo bajo la barba que blanqueaba la rigidez de una mueca.

A una de las mujeres, la última que se había unido a nosotros y que era la más joven, le fueron naciendo, de sus acoplamientos interesados, en cinco o seis años, tres hijos. Apenas empezaban a caminar, el viejo los disfrazaba de salvajes y los hacía subir al escenario. Me daban lástima, y me encariñé con ellos. Todos eran hijos de muchos padres, lo que equivale a decir, como yo, de ninguno. Eran dos varones y una mujercita. El viejo, que sin duda había participado, lo mismo que su sobrino, en la fecundación, los miraba de tanto en tanto y, aludiendo a la vida que llevaba la madre, sacudía compadecido la cabeza. En los ratos libres, yo les enseñaba a leer y escribir. Ellos, dóciles y como extraviados en este mundo, se me fueron apegando. Una noche, después de una función, la madre se fue con un hombre, y ya no volvió. Un amante celoso la había cosido a puñaladas y la había tirado a un costado del camino. Como había llovido toda la madrugada, el agua había lavado la sangre, de modo que sus heridas, en la carne blanca y amoratada por la violencia y la lluvia, parecían cicatrices antiguas que la muerte ponía por fin en evidencia.

Un día, después de la función, hastiado de tanta falsedad, decidí dejar la compañía. Mi preocupación por las criaturas no era ajena a la decisión. Al principio, y aunque harto también él y más cercano que yo de la muerte, el viejo no quiso saber nada, convencido de que sin mi presencia el éxito de las funciones disminuiría. Mucho no se equivocaba. Mi condición de sobreviviente genuino le daba sin duda más fuerza de convicción al espectáculo. Pero al mismo tiempo lo apenaba contrariarme, porque reconocía que gracias a mí sus negocios habían empezado a andar bien y porque, después de tantos años de verme silencioso, solitario, e indiferente a las ganancias y a las pérdidas, me había cobrado una especie de respeto, mezclado tal vez con un poco de compasión. También a mí me dolía un poco abandonarlo, porque le era útil, y además porque, como quiera que fuese, esos actores me habían sacado, por casualidad, de un pozo hondo, hasta la superficie indolora y neutra de la resignación. El viejo no quería aceptar tampoco que me llevara a las criaturas, pretendiendo que eran actores de su elenco, pero estaba seguro de que yo no cedería y no insistió demasiado. Durante horas, discutimos tratando de encontrar una solución, hasta que se nos ocurrió que el sobrino, que tenía más o menos mi edad, podía interpretar mi papel asumiendo incluso mi identidad, y que yo me comprometía a cambiar de nombre y a no escribir otras obras de teatro que contaran mi aventura. Sobre esas bases, transamos sin dificultad. Estábamos, en ese entonces, en el norte nocturno y brumoso. Y una mañana, envolviendo a las criaturas en pieles, por un camino húmedo abierto entre dos planicies de una nieve azulada y uniforme que aumentaba la impresión de ausencia y de inmaterialidad, me despedí del viejo y de los otros actores y comencé a viajar hacia el sur, durante meses, casi sin detenerme, hasta esta ciudad blanca que se cocina al sol entre viñas y olivares.

En esta ciudad nos instalamos, en la misma casa blanca en la que ahora escribo. Yo había acumulado cierta fortuna y el viejo me había dado, antes de separarnos, una parte de las economías de la mujer apuñalada. Del padre Quesada me había quedado un gusto por los libros que llenan, con su música silenciosa, el hastío de los días inacabables. En los países del norte había visto cómo los imprimían y se me ocurrió que yo podía hacer lo mismo, menos por acrecentar mi fortuna que por enseñarle a los que ya eran como mis hijos un oficio que les permitiera manipular algo más real que poses o que simulacros. No nos fue mal. En la imprenta, para las criaturas el trabajo era como un juego, y, a medida que crecían, mis ocios aumentaban. Somos, tal vez, gente sin alegría; pero nos sobran discreción y lealtad. Tengo, ahora, nietos y biznietos. Y toda esa algarabía ilumina, de tanto en tanto, la imprenta de la que llegan, a veces, durante el día, los ecos hasta mi cuarto. En los últimos años, mi vida se ha limitado a alguna que otra fiesta familiar, a un paseo cada vez más corto al anochecer, y a la lectura. De noche, después de la cena, a la luz de una vela, con la ventana abierta a la oscuridad estrellada y tranquila, me siento a rememorar y a escribir. La noche de verano, después que el rumor de las calles se va calmando, manda, hasta mi pieza blanca, olores de firmamento y madreselva que me limpian, a medida que el silencio se instala en la ciudad, del ruido de los años vividos. Muy rara vez, se pone a martillear la lluvia, y las primeras gotas, que llegan después de muchos días de calor, al golpear contra la cal árida de las paredes se secan de inmediato produciendo un chirrido bajo y rápido y una nubecita transparente. Mi costumbre de intemperie me hace tolerable el invierno, que aquí es corto y muy templado. Detrás de los vidrios, los árboles muestran una filigrana nudosa, negra y lustrada, contra el cielo azul. Todas las noches, a las diez y media, una de mis nueras me sube la cena, que es siempre la misma: pan, un plato de aceitunas, una copa de vino.

Es, a pesar de renovarse, puntual, cada noche, un momento singular, y, de todos sus atributos, el de repetirse, periódico, como el paso de las constelaciones, el más luminoso y el más benévolo. Mi habitación, aparte de una pared lateral llena de libros, está casi vacía; la mesa, la silla, la cama, los candelabros que sostienen las velas, resaltan, oscuros, entre las paredes blancas; el plato blanco, en el que se mezclan aceitunas verdes y negras que relucen un poco recién salidas del frasco que las contenía en la cocina, y el vaso alto desde el que el vino, del color de una miel delgada, deja subir su olor terrestre y áspero, reflejan, muchas veces, adoptando formas diferentes, la luz de las velas que, en el aire tranquilo, parecen reconquistar a cada momento su altura y su inmovilidad; el pan grueso, que yace en otro plato blanco, es irrefutable y denso, y su regreso cotidiano, junto con el del vino y las aceitunas, dota a cada presente en el que reaparece, como un milagro discreto, de un aura de eternidad. Dejando la pluma, empiezo a llevarme a la boca, lento, una tras otra, las aceitunas, y, escupiendo los carozos en el hueco de la mano los deposito, con cuidado, en el borde del plato. Al salir de la boca están todavía tibios, por el calor que les infunde la parte interna de mi cuerpo. Como alterno, por pura costumbre, las aceitunas verdes con las negras, los dos sabores, uno sobre el otro, me traen la imagen, regular, de rayas verdes y negras que van pasando, paralelas, de la boca al recuerdo. Y el primer trago de vino, cuyo sabor es idéntico al de la noche anterior y al de todas las otras noches que vienen precediéndolo, me da, con su constancia, ahora que soy un viejo, una de mis primeras certidumbres. Es una de las pocas, y tan frágil que no posee, en sí misma, valor de prueba. A decir verdad, más que certidumbre, vendría a ser como el indicio de algo imposible pero verdadero, un orden interno propio del mundo y muy cercano a nuestra experiencia del que la impresión de eternidad, que para otros pareciera ser el atributo superior, no es más que un signo mundano y modesto, la chafalonía que se pone a nuestro alcance para que, mezquinos, nuestros sentidos la puedan percibir. Es un momento luminoso que pasa, rápido, cada noche, a la hora de la cena y que después, durante unos momentos, me deja como adormecido. También es inútil, porque no sirve para contrarrestar, en los días monótonos, la noche que los gobierna y nos va llevando, como porque sí, al matadero. Y, sin embargo, son esos momentos los que sostienen, cada noche, la mano que empuña la pluma, haciéndola trazar, en nombre de los que ya, definitivamente, se perdieron, estos signos que buscan, inciertos, su perduración.

Fui sabiendo, poco a poco, que no quedaba nada de ellos. Ya cuando el barco bajaba hacia el mar, escoltado de cadáveres, me di cuenta de que no habían sabido, cuando esa tormenta nueva empezó a golpearlos desde el exterior, ponerse al abrigo. No eran, hay que admitirlo, gente de guerrear porque sí. Rara vez, aparte de sus expediciones anuales de las que, con exactitud y limpieza, volvían con sus presas, la guerra los ocupaba, pero no eran nunca ellos los que la provocaban, a menos que los ataques que recibían de vez en cuando fuesen las represalias de sus vecinos por las víctimas que ellos iban a buscar para sus fiestas. Esas expediciones eran más bien de caza que de guerra. Y los indios eran más cazadores que guerreros, porque a las expediciones las motivaba la necesidad y no el lujo sangriento que origina toda guerra. Ellos, sin embargo, compadecían a los pueblos guerreros y parecían considerar la propensión a la guerra como una especie de enfermedad. Parecían concebir la guerra como un gasto inútil, una mala costumbre de criaturas irrazonables. No era su carácter sangriento lo que los incomodaba;

lo que despertaba su reprobación eran el despilfarro y las perturbaciones domésticas que acarreaba. Cuando eran atacados, menos que llorar a sus heridos y a sus muertos, se lamentaban por el desorden que dejaba el ataque, las viviendas quemadas, los cacharros rotos, los utensilios perdidos, la suciedad. Se defendían bien, casi con facilidad; a eso podía deberse que las expediciones contra ellos fuesen poco frecuentes. Las tribus de las inmediaciones debían tenerles miedo o respetarlos mucho, porque, en tantos años no hubo, contra ellos, más de tres o cuatro expediciones, y dos únicamente contra el caserío. En las otras ocasiones, se había tratado de ataques fugaces contra los hombres que iban a cazar. En general, los agresores salían mal parados. La rapidez inaudita de los indios los desorientaba y los sorprendía, precipitándolos en la fuga, en la derrota, o en la muerte. Hoy me parece hasta cómico verlos lamentarse, en medio de la batalla, con amplios gestos de protesta, ante una marmita volcada y rota o ante un techo en llamas que recriminaban con gritos y ademanes a sus enemigos en medio de las flechas envenenadas que atravesaban cimbreando el aire transparente. Que una flecha se incrustara en la garganta de un miembro de la familia parecía indignarlos menos que esos perjuicios. Y era evidente que, una vez terminada la batalla, se ocupaban con más atención de sus pertenencias que de sus heridos. Daban la impresión desagradable de ser pacíficos únicamente por tacañería. A los prisioneros y heridos del bando enemigo los ultimaban rápido, sin crueldad pero sin compasión simulada, y los despojaban de armas y adornos. A veces les cortaban la cabeza o los mutilaban, y tiraban los pedazos al río. Después de la batalla, la preocupación principal era ordenar y limpiar todo; barrían, lavaban, reparaban cacharros y viviendas, de modo tal que al día siguiente nadie hubiese dicho que unas pocas horas antes muerte, fuego y desorden habían asolado al caserío.

Fue, tal vez, esa meticulosidad lo que los perdió. No es difícil que, después de retirarse tierra adentro, ante la llegada de los soldados, se hayan puesto a recapacitar sobre el estado de las viviendas o las pertenencias olvidadas y hayan vuelto para rescatarlas o protegerlas, subordinando el peligro de muerte al de gasto o desorden. La muerte, para esos indios, de todos modos no significaba nada. Muerte y vida estaban igualadas, y hombres, cosas y animales, vivos o muertos, coexistían en la misma dimensión. Querían, desde luego, como cualquier hijo de vecino, mantenerse en vida, pero el morir no era para ellos más terrible que otros peligros que los enloquecían de pánico. Siempre y cuando fuese real, la muerte no los atemorizaba. De modo que puedo imaginarlos muy bien volviendo a buscar sus pertenencias por entre el fuego de los soldados, y estoy seguro de que los cuerpos amoratados que días más tarde flotaban río abajo escoltando a los barcos no habían abandonado esta vida ni con miedo ni con tristeza. No era el no ser posible del otro mundo sino el de éste lo que los aterrorizaba. El otro mundo formaba parte de éste y los dos eran una y la misma cosa; si éste era verdadero, el otro también lo era; bastaba que una sola cosa lo fuese para que todas las otras, visibles o invisibles, cobrasen, de ese modo, realidad.

Durante años, ya de vuelta de esas tierras, cuando me encontraba en la proximidad de los puertos, me sabía venir la tentación de interrogar a los marinos que volvían de viaje para tratar de adivinar, de entre sus relatos confusos, detalles que me diesen algún indicio sobre el destino de la tribu. Pero, para los marineros, todos los indios eran iguales y no podían, como yo, diferenciar las tribus, los lugares, los nombres. Ellos ignoraban que en pocas leguas a la redonda, muchas tribus diferentes habitaban, yuxtapuestas, y que cada una de ellas era no un simple grupo humano o la prolongación numérica de un grupo vecino, sino un mundo autónomo con leyes propias, internas, y que cada una de las tribus, con su propio lenguaje, con sus costumbres, con sus creencias, vivía en una dimensión impenetrable para los extranjeros. No únicamente los hombres eran diferentes, sino también el espacio, el tiempo, el agua, las plantas, el sol, la luna, las estrellas. Cada tribu vivía en un universo singular, infinito y único, que ni siquiera se rozaba con el de las tribus vecinas. Entre los indios, fui aprendiendo a distinguir poco a poco las tribus que poblaban esa tierra inacabable, y aunque los indios estaban convencidos de que si había una posibilidad de ser reales esa posibilidad les estaba reservada, y que lo que se encontraba fuera de su horizonte, es decir las otras tribus, era un magma indiferenciado y viscoso, ese magma poseía sin embargo para ellos una apariencia de existencia y era pasible de clasificación. Los modos de vida ajenos les parecían irrisorios y vanos, pero los conocían al detalle. Sabían que esos simulacros sin existencia, a los que siempre se referían con sarcasmo o ironía, se agrupaban en tribus organizadas, dispersas en leguas y leguas a la redonda. Sus peculiaridades eran siempre motivo de risa: que fuesen nómades o sedentarios, que viviesen de la pesca o de la agricultura, que comiesen regularmente carne humana o que se abstuviesen de ella por completo; que anduviesen desnudos o vestidos, que se pusiesen adornos en los labios, en el cuello o en la nariz, que viviesen en toldos de piel o en ciudades de piedra, que fumasen ciertas hierbas o que acumulasen oro o piedras preciosas, que se desplazaran a pie o en canoa, que adorasen plantas, lugares o antepasados, que su estatura fuese disminuyendo cuanto más al norte de la tribu vivían o aumentando cuanto más al sur, que fuesen pacíficos o belicosos, todo les parecía a los indios igualmente inepto, inútil y ridículo. Ellos estaban en el centro del mundo; el resto, incierto y amorfo, en la periferia. Que los marineros no lograsen individualizarlos hubiese sido para ellos una razón más de jolgorio.

Los marineros, en rigor de verdad, no sabían nada, y la única certidumbre que me quedaba de esas conversaciones era que, desde que marineros y soldados habían empezado a desembarcar en ellas, un relente de muerte flotaba en esas tierras que muchos habían confundido al principio con el Paraíso. Fue de a poco que me vino el convencimiento de que de los indios no debía quedar nada. Ya la primera batalla con los soldados debió haberlos diezmado dejándoles pocas fuerzas para las sucesivas. Me es difícil concebir a los sobrevivientes dispersos o cautivos, en otro lugar que no fuese esa playa amarilla rayada por el ir y venir exageradamente rápido de los cuerpos desnudos. El centro del mundo era también ese lugar, que llevaban en ellos y a partir del cual el horizonte visible estaba hecho de anillos de realidad problemática cuya existencia era más y más improbable a medida que se alejaban del punto de observación. Yo había podido comprobar con cuánta reticencia se alejaban de él, obligados por la crecida, y cómo trataban de acortar, por todos los medios, la distancia entre el lugar habitual del caserío y el del traslado, y cómo apenas el agua empezaba a bajar, volvían a instalarse en la costa. Era como si volviesen no al propio hogar, sino al del acontecer. Ese lugar era, para ellos, la casa del mundo. Si algo podía existir, no podía hacerlo fuera de él. En realidad, afirmar que ese lugar era la casa del mundo es, de mi parte, un error, porque ese lugar y el mundo eran, para ellos, una y la misma cosa. Dondequiera que fuesen, lo llevaban adentro. Ellos mismos eran ese lugar. En él nacían y morían, sembraban, trabajaban, y, cuando salían de pesca o de caza, era ahí adonde traían lo que recogían. Sus expediciones, eran como una prolongación elástica del lugar en que vivían; o, como lo llevaban adentro, era como si ese lugar se desplazase con ellos a cada desplazamiento. Al mismo tiempo, eran ellos los que infundían realidad a los otros lugares que visitaban; iban materializando, con su sola presencia, el horizonte incierto y sin forma. Ellos eran el núcleo resistente del mundo, envuelto en una masa blanda que, gracias a sus desplazamientos, podía obtener, de tanto en tanto, islotes fugaces de vida dura. Cuando ellos pegaban la vuelta, esa firmeza provisoria se desvanecía. Y volvían rápido, porque la poca convicción que les daba el lugar habitual se gastaba en seguida con el rigor de la ausencia. Afuera, no se sentían en lugar seguro.

Tampoco adentro. Las leyes arduas de una gran intemperie, aun en su propio hogar, los castigaban. Es cierto que ellos y el mundo eran una y la misma cosa, pero ese ser único que constituían, en vez de afirmarse por la presencia mutua, se debilitaba a causa de la incertidumbre común. No por ser el único posible, ni el mejor de todos, el mundo de los indios era más real. Aun cuando daban por descontado la inexistencia de los otros, la propia no era en modo alguno irrefutable. En todo caso, para ellos, el atributo principal de las cosas era su precariedad. No únicamente por su dificultad a persistir en el mundo, a causa del desgaste y la muerte, sino más bien, o tal vez sobre todo, por la de acceder a él. La mera presencia de las cosas no garantizaba su existencia. Un árbol, por ejemplo, no siempre se bastaba a sí mismo para probar su existencia. Siempre le estaba faltando un poco de realidad. Estaba presente como por milagro, por una especie de tolerancia despectiva que los indios se dignaban acordarle. Se la concedían a cambio de cierto provecho utilitario: fruto, leña, sombra. Pero, en su fuero interno, sabían que la verdad efectiva de ese intercambio era bastante problemática. El árbol estaba ahí y ellos eran el árbol. Sin ellos, no había árbol, pero, sin el árbol, ellos tampoco eran nada. Dependían tanto uno del otro que la confianza era imposible. Los indios no podían confiar en la existencia del árbol porque sabían que el árbol dependía de la de ellos, pero, al mismo tiempo, como el árbol contribuía, con su presencia, a garantizar la existencia de los indios, los indios no podían sentirse enteramente existentes porque sabían que si la existencia les venía del árbol, esa existencia era problemática ya que el árbol parecía obtener la suya propia de la que los indios le acordaban. El problema provenía, no de una falta de garantía, sino más bien de un exceso. Y, además, era imposible salir de ese círculo vicioso y ver las cosas desde el exterior, para tratar de descubrir, con imparcialidad, el fundamento de esas pretensiones.

Lo exterior era su principal problema. No lograban, como hubiesen querido, verse desde afuera. Yo, en cambio, que había llegado del horizonte borroso, el primer recuerdo que tengo de ellos es justamente el de su exterioridad, y verlos atravesar la playa, entre las hogueras que ardían al anochecer, compactos y lustrosos, fue como saborear, por primera vez, el gusto de lo indestructible. Desde afuera, parecían al abrigo de duda y desgaste. En los primeros tiempos, me daban la impresión de ser la medida exacta que definía, entre la tierra y el cielo, el lugar de cada cosa. Después que sus fiestas espantosas pasaban, cuando se los veía gobernar, con rapidez y eficacia, la aspereza del mundo, podía pensarse, con toda naturalidad, que ese mundo estaba hecho para ellos y que en su interior los indios, aún cuando pasaran por zonas de confusión, no desentonaban. A veces los contemplaba durante mucho tiempo, tratando de adivinar cómo vivían, desde dentro, esos gestos que lanzaban, en el centro del día, hacia el horizonte material que los rodeaba, y si esas manos tan seguras que aferraban hueso, madera, pescado, y que moldeaban el barro rojizo hasta darle la forma de sus sueños, nunca eran invadidas, en contacto con el aire ardiente, por ninguna vacilación. Pero sus ademanes eran mudos y no dejaban transparentar ningún signo. Parecían, como los animales, contemporáneos de sus actos, y se hubiese dicho que esos actos, en el momento mismo de su realización, agotaban su sentido. Para ellos, el presente preciso y abierto de un día recio y sin principio ni fin parecía ser la sustancia en la que, de cuerpo entero, se movían. Daban la impresión envidiable de estar en este mundo más que toda otra cosa. Su falta de alegría, su hosquedad, demostraban que, gracias a ese ajuste general, la dicha y el placer les eran superfluos. Yo pensaba que, agradecidos de coincidir en su ser material y en sus apetencias con el lado disponible del mundo, podían prescindir de la alegría. Lentamente sin embargo, fui comprendiendo que se trataba más bien de lo contrario, que, para ellos, a ese mundo que parecía tan sólido, había que actualizarlo a cada momento para que no se desvaneciese como un hilo de humo en el atardecer.

Esa comprobación la fui haciendo a medida que penetraba, como en una ciénaga, en el idioma que hablaban. Era una lengua imprevisible, contradictoria, sin forma aparente. Cuando creía haber entendido el significado de una palabra, un poco más tarde me daba cuenta de que esa mismo palabra significaba también lo contrario, y después de haber sabido esos dos significados, otros nuevos se me hacían evidentes, sin que yo comprendiese muy bien por qué razón el mismo vocablo designaba al mismo tiempo cosas tan dispares. *En-gui,* por ejemplo, significaba los hombres, la gente, nosotros, yo, comer, aquí, mirar, adentro, uno, despertar, y muchas otras cosas más. Cuando se despedían, empleaban una fórmula, *negh,* que indicaba también continuación, lo cual es absurdo si se tiene en cuenta que, cuando dos hombres se despiden, quiere decir que el intercambio de frases se da por terminado. *Negh* viene a significar algo así como *Y entonces.,* como cuando se dice *y entonces pasó tal o cual cosa*. Una vez oí que uno de los indios se reía porque los miembros de una nación vecina lloraban en los nacimientos y daban grandes fiestas cuando alguno se moría. Le señalé que ellos, cuando se despedían, decían *negh,* y el me miró largamente, con los ojos entrecerrados, con aire de desconfianza y de desprecio, y después se alejó sin saludar. En ese idioma, no hay ninguna palabra que equivalga a *ser o estar*. La más cercana significa *parecer*. Como tampoco tienen artículos, si quieren decir que hay un árbol, o que un árbol es un árbol dicen *parece árbol*. Pero *parece* tiene menos el sentido de similitud que el de desconfianza. Es más un vocablo negativo que positivo. Implica más objeción que comparación. No es que remita a una imagen ya conocida sino que tiende, más bien, a desgastar la percepción y a restarle contundencia. La misma palabra que designa la apariencia, designa lo exterior, la mentira, los eclipses, el enemigo. El horizonte circular, que me había parecido al principio indiscutible y compacto, era en realidad, tal como lo designaba el idioma de esos indios, un almacén de supercherías y una máquina de engaños. En ese idioma, liso y rugoso se nombran de la misma manera. También una misma palabra, con variantes de pronunciación, nombra lo presente y lo ausente. Para los indios, todo parece y nada es. Y el parecer de las cosas se sitúa, sobre todo, en el campo de la inexistencia. La playa abierta, el día transparente, el verde fresco de los árboles en primavera, las nutrias de piel tibia y palpitante, la arena amarilla, los peces de escamas doradas, la luna, el sol, el aire y las estrellas, los utensilios que arrancaban, con paciencia y habilidad, a la materia reticente, todo eso que se presenta, nítido, a los sentidos, era para ellos informe, indistinto y pegajoso en el reverso contra el que se agolpaba la oscuridad.

Con dificultad, los indios chapoteaban en ese medio chirle y sentían, en todo momento, la amenaza de la aniquilación. Lo externo, con su presencia dudosa, les quitaba realidad. Y, a pesar de su carácter precario, el mundo era más real que ellos. Ellos tenían la desventaja de la duda, que no podían verificar en lo exterior.

El universo entero era incierto; ellos, en cambio, se concebían como algo un poco más seguro; pero como ignoraban lo que el universo pensaba de sí mismo, esa incertidumbre suplementaria disminuía su autoridad. Todas estas elucubraciones eran para ellos mucho más penosas de lo que parecen escritas porque ellos, a pesar de que las vivían en carne y hueso, las ignoraban. Las vivían en cada acto que realizaban, con cada palabra que proferían, en sus construcciones materiales y en sus sueños. Querían hacer persistir, por todos los medios, el mundo incierto y cambiante. Malgastar una flecha, por ejemplo, era para ellos como desprenderse de un fragmento de realidad. Arreglaban todo, y siempre barrían y limpiaban. Cuando la inundación los corría tierra adentro, no bien el agua bajaba un poco, volvían a instalarse en el mismo lugar. Por precario que fuese, al único mundo conocido había que preservarlo a toda costa. Si había alguna posibilidad de ser, de durar, esa posibilidad no podía darse más que ahí. Lo que había que hacer durar era eso, por incierto que fuese. Actualizaban, a cada momento, aun cuando no valiese la pena, el único mundo posible. No había mucho que elegir: era, de todas maneras, ése o nada.

A ese mundo lo cuidaban, lo protegían, tratando de aumentar, o de mantener, más bien, su realidad. Si la intemperie o el fuego derruían las construcciones, si el agua pudría las canoas, si el uso gastaba o rompía los objetos, era porque el reverso insidioso, hecho de inexistencia y negrura, que es la verdad última de las cosas, abandonaba sus límites naturales y empezaba a carcomer lo visible. Cuando no salían de caza o de pesca, ya que eran las mujeres las que se ocupaban de los trabajos caseros, los indios se pasaban las horas haciendo reparaciones. Iban, con su rapidez habitual, de un trabajo a otro y cuando no había, lo que era bastante raro, nada que arreglar, fabricaban cosas que, con el pretexto de la necesidad material, les daban, de un modo no muy convincente, la ilusión de dominar lo ingobernable. Rara vez descansaban. Para ellos, descansar era como ir perdiendo terreno para cedérselo a la viscosidad que los hostigaba. A veces, al final del invierno, se los notaba más calmos, pero era menos porque ellos habían ganado esperanza que porque, sin duda, la negrura condescendía. Había que mantener entero y, en lo posible, idéntico a sí mismo ese fragmento rugoso que poblaban y que parecía materializarse gracias a su presencia. Todo cambio debía tener compensación; toda pérdida, sustituto. El conjunto debía ser, en forma y cantidad, más o menos igual en todo momento. Por eso, cuando alguien se moría esperaban, ansiosos, el próximo nacimiento; una desgracia tenía que ser compensada por alguna satisfacción y si, en cambio, les sucedía algo agradable, hasta que no les hubiese acaecido algún mal tolerable que restituyese la situación a su estado original, no estaban tranquilos. Una vez, un indio me lo explicó: este mundo, me pareció entender que me decía, está hecho de bien y de mal, de muerte y de nacimiento, hay viejos, jóvenes, hombres, mujeres, invierno y verano, agua y tierra, cielo y árboles; y siempre tiene que haber todo eso; si una sola cosa faltase alguna vez, todo se desmoronaría. Como era en los primeros años, y como las palabras significaban, para ellos, tantas cosas a la vez, no estoy seguro de que lo que el indio dijo haya sido exactamente eso, y todo lo que creo saber de ellos me viene de indicios inciertos, de recuerdos dudosos, de interpretaciones, así que, en cierto sentido, también mi relato puede significar muchas cosas a la vez, sin que ninguna, viniendo de fuentes tan poco claras, sea necesariamente cierta. Si entendí bien, para los indios este mundo es un edificio precario que, para mantenerse en pie, requiere que ninguna piedra falte. Todo tiene que estar presente a la vez, en todos sus estados posibles. Cuando, desde el gran río, los soldados, con sus armas de fuego, avanzaban, no era la muerte lo que traían, sino lo innominado. El único lugar firme se fue anegando con la crecida de lo negro. Dispersos, los indios ya no podían estar del lado nítido del mundo. No creo que muchos hayan escapado, ni siquiera que hayan tenido la intención de hacerlo; a los que, solitarios, hubiesen logrado sobrevivir tierra adentro, ningún mundo les hubiese quedado.

Sin embargo, al mismo tiempo que caían, arrastraban con ellos a los que los exterminaban. Como ellos eran el único sostén de lo exterior, lo exterior desaparecía con ellos, arrumbado, por la destrucción de lo que lo concebía, en la inexistencia. Lo que los soldados que los asesinaban nunca podrían llegar a entender era que, al mismo tiempo que sus víctimas, también ellos abandonaban este mundo. Puede decirse que, desde que los indios fueron destruidos, el universo entero se ha quedado derivando en la nada. Si ese universo tan poco seguro tenía, para existir, algún fundamento, ese fundamento eran, justamente, los indios, que, entre tanta incertidumbre, eran lo que se asemejaba más a lo cierto. Llamarlos salvajes es prueba de ignorancia; no se puede llamar salvajes a seres que soportan tal responsabilidad. La lucecita tenue que llevaban adentro, y que lograban mantener encendida a duras penas, iluminaba, a pesar de su fragilidad, con sus reflejos cambiantes, ese círculo incierto y oscuro que era lo externo y que empezaba ya en sus propios cuerpos. El cielo vasto no los cobijaba sino que, por el contrario, dependía de ellos para poder desplegar, sobre esa tierra desnuda, su firmeza enjoyada.

Desde hace años, noche tras noche me pregunto, con los ojos perdidos en la pared blanca en la que bailotean los reflejos de la vela, cómo esos indios, cerca como estaban, igual que todos, de la aceptación animal, podían perderse en esa negación temerosa de lo que a primera vista parece irrefutable. Entre tantas cosas extrañas, el sol periódico, las estrellas puntuales y numerosas, los árboles que repiten, obstinados, el mismo esplendor verde cuando vuelve, misteriosa, su estación, el río que crece y se retira, la arena amarilla y el aire de verano que cabrillean, el cuerpo que nace, cambia, y muere, palpitante, la distancia y los días, enigmas que cada uno cree, en sus años de inocencia, familiares, entre todas esas presencias que parecen ignorar la nuestra, no es difícil que algún día, ante la evidencia de lo inexplicable, se instale en nosotros el sentimiento, no muy agradable por cierto, de atravesar una fantasmagoría, un sentimiento semejante al que me asaltaba, a veces, en el escenario del teatro cuando, entre telones pintados, ante una muchedumbre de sombras adormecidas, veía a mis compañeros y a mí mismo repetir gestos y palabras de las que estaba ausente lo verdadero. Pero esa impresión, que todos tenemos alguna vez, es, aunque intensa, pasajera, y no nos penetra hasta confundirse con nuestras vidas. Un día, cuando menos nos lo esperábamos, nos asalta, súbita; durante unos minutos, las cosas conocidas se muestran independientes de nosotros, inertes y remotas a pesar de su proximidad. Una palabra cualquiera, la más común, que empleamos muchas veces por día, empieza a sonar extraña, se despega de su sentido, y se vuelve ruido puro. Empezamos, curiosos, a repetirla; pero el sentido, que nos fuera tan palmario, no vuelve a pesar de la repetición sino que, por el contrario, cuanto más repetimos la palabra más extraña y desconocida nos suena.

Esa ausencia de sentido que, sin ser convocada, nos invade al mismo tiempo que a las cosas, nos impregna, rápida, de un gusto de irrealidad que los días, con su peso de somnolencia, adelgazan, dejándonos apenas un regusto, una reminiscencia vaga o una sombra de objeción que enturbia un poco nuestro comercio con el mundo. Sin darnos cuenta, seguimos parpadeando, de un modo imperceptible, después del encandilamiento y, absolviendo al mundo preferimos, para esquivar el delirio, atribuirnos de un modo exclusivo las causas de esa extrañeza. Es, sin duda alguna, mil veces preferible que sea uno y no el mundo lo que vacila.

Los indios, en cambio, no tenían ese consuelo. A medida que se alejaba de ellos, lo exterior iba siendo cada vez más improbable. Tampoco ellos eran totalmente verdaderos, pero, de todos modos, lo real estaba en ellos o en ninguna parte. Ellos eran, a pesar de su fragilidad, el sostén inseguro de las cosas, no más firme y duradero que la llama de una vela en el centro de la tormenta. Y esa situación no era el resultado de una impresión pasajera sino la verdad principal del mundo que marcaba, como un rastro de tortura, sus huesos y su lengua. En cada gesto que realizaban y en cada palabra que proferían, la persistencia del todo estaba en juego, y cualquier negligencia o error bastaba para desbaratarla. Por eso eran, sin darse tregua, tan eficaces y ansiosos: eficaces porque el día amplio y lo que lo poblaba dependía de ellos, y ansiosos porque nunca estaban seguros de que lo que construían no iba a desmoronarse en cualquier momento. Tenían, sobre sus cabezas, en equilibrio precario, perecederas, las cosas. Al menor descuido, podían venirse abajo, arrastrándolos con ellas.

De dónde provenía semejante sentimiento, es algo sobre lo que cavilo, una y otra vez, todos los días de mi vida, desde hace más de cincuenta años. Esa grieta al borde de la negrura que los amenazaba, continua, venía sin duda de algún desastre arcaico. Los hombres nacen en cierto sentido, neutros, iguales, y son sus actos, las cosas que les pasan, lo que los va diferenciando. Además, no era tal o cual indio el que venía al mundo de esa manera, sino la tribu entera, y yo pude observar, durante todos esos años, cómo las criaturas, a medida que crecían, iban entrando, con naturalidad, en esa incertidumbre pantanosa. La despreocupación infantil cedía el paso, día tras día, a la sequedad de los grandes: lustrosos y saludables por fuera pero cada vez más marchitos por dentro los ganaba, guardándolos con ella hasta la muerte, la ansiedad. De un modo diferente, la misma obsesión transparentaba en la mirada de hombres y mujeres. Una convicción común los igualaba: sin ellos, la grieta se haría más ancha y la aniquilación general llegaría.

Me costó mucho darme cuenta de que si tantos cuidados los acosaban, era porque comían carne humana. Para los miembros de otras tribus, ser comido por sus enemigos podía significar un honor excepcional, según me lo explicó un día, con desprecio indescriptible, uno de los indios. Fue durante una conversación confidencial, donde, desde luego, no se hizo la menor alusión al hecho de que era él el que se los comía. Los habíamos visto pasar, a lo lejos río arriba, en sus canoas, una mañana de verano. Estábamos sentados lejos del caserío, bajo unos sauces de la orilla, y, al reconocerlos, el indio hizo una mueca: eran un pueblo que no estaba instalado en ninguna parte y que recorría, incansable, subiendo y bajando todo el año, el agua del gran río. Además dejó escapar el indio bajando un poco la voz y absteniéndose de hacer otras alusiones les gustaba que se los comieran. Por mucho que seguí interrogándolo, no logré que me dijera nada más. Creí entender que el desprecio venía de lo inexplicable de esa inclinación, y que el indio la consideraba como un gusto equívoco, perverso; parecía un desprecio de orden moral, como si, en ese abandono que hacían del cuerpo a la voracidad de los otros cuando eran hechos prisioneros, se manifestase una especie de voluptuosidad. Que comer carne humana no parecía ser tampoco una costumbre de la que se sintiesen muy orgullosos, lo prueba el hecho de que nunca hablaban y de que incluso parecían olvidarlo todo el año hasta que, más o menos para la misma época, volvían a empezar. Lo hacían contra su voluntad, como si no les fuese posible abstenerse o como si ese apetito que regresaba fuese no el de cada uno de los indios, considerado separadamente, sino el apetito de algo que, oscuro, los gobernaba. Si el hecho de ser comido rebajaba, no era únicamente por esa voluptuosidad inconfesable que dejaba entrever. Era, también, o sobre todo, mejor, porque pasar a ser objeto de experiencia era arrumbarse por completo en lo exterior, igualarse, perdiendo realidad, con lo inerte y con lo indistinto, empastarse en el amasijo blando de las cosas aparentes. Era querer no ser de un modo desmedido. Había que ver a los indios manipulando los cuerpos despedazados para darse cuenta de que en esos miembros sanguinolentos ya no quedaba, para ellos, ningún vestigio humano. El deseo con que los contemplaban asarse era el de reencontrar no el sabor de algo que les era extraño, sino el de una experiencia antigua incrustada más allá de la memoria. Si, cuando empezaban a masticar, el malestar crecía en ellos, era porque esa carne debía tener, aunque no pudiesen precisarlo, un gusto a sombra exhausta y a error repetido. Sabían, en el fondo, que como lo exterior era aparente, no masticaban nada, pero estaban obligados a repetir, una y otra vez, ese gesto vacío para seguir, a toda costa, gozando de esa existencia exclusiva y precaria que les permitía hacerse la ilusión de ser en la costra de esa tierra desolada, atravesada de ríos salvajes, los hombres verdaderos.

Me fue ganando, en tantos años, la evidencia lenta: si, cada verano, con sus actos eficaces y rápidos, los indios se embarcaban en sus canoas para salir, en alguna dirección decidida de antemano, movidos por ese deseo que les venía de tan lejos, era porque para ellos no había otro modo de distinguirse del mundo y de volverse, ante sus propios ojos, un poco más nítidos, más enteros, y sentirse menos enredados en la improbabilidad chirle de las cosas. De esa carne que devoraban, de esos huesos que roían y que chupaban con obstinación penosa iban sacando, por un tiempo, hasta que se les gastara otra vez, su propio ser endeble y pasajero. Si actuaban de esa manera era porque habían experimentado, en algún momento, antes de sentirse distintos al mundo, el peso de la nada. Eso debió ocurrir antes de que empezaran a comer a los hombres no verdaderos, a los que venían de lo exterior. Antes, es decir en los años oscuros en que, mezclados a la viscosidad general, se comían entre ellos. Eso es lo que recién ahora, tan cerca de mi propia nada, comienzo a entender: que los indios empezaron a sentirse los hombres verdaderos cuando dejaran de comerse entre ellos. Algo distinto del acecho mutuo los transformó. No se comían, y se volvían hacia el exterior, formando una tribu que era el centro del mundo, rodeado por el horizonte circular que iba siendo cada vez más problemático a medida que se alejaba de ese centro. No obstante provenir también ellos de ese exterior improbable, habían accedido, no sin trabajo, a un nivel nuevo en el que, aun cuando los pies chapalearan todavía en el barro original, la cabeza, ya liberada, flotaba en el aire limpio de lo verdadero.

Esa victoria, sin embargo, no daba, cuando se los veía tan ansiosos, la impresión de ser definitiva. Era como si el viejo peligro siguiese amenazándolos. Como si, por mucho terreno que hubiesen ganado sintiesen, a cada momento, que podían perderlo otra vez. Sabían que, de este mundo, ellos eran lo más verdadero, pero no estaban seguros de serlo lo bastante, de haber alcanzado un punto de realidad óptimo e indestructible, que ya no podía retroceder y más allá del cual ya no podía llegarse. Pero, sobre todo, lo que venían trayendo del pasado, la sensación antigua de nada, confusa y rudimentaria, había quedado en ellos como su verdadera forma de ser. Si es verdad, como dicen algunos, que siempre queremos repetir nuestras experiencias primeras y que, de algún modo, siempre las repetimos, la ansiedad de los indios debía venirles de ese regusto arcaico que tenía, a pesar de haber cambiado de objeto, su deseo. No podían tener una certidumbre mayor de realidad porque en el fondo de sí mismos sabían que, fuesen cuales fuesen las cosas del mundo exterior que hubiesen elegido como objeto, por lejanos y vagos que pareciesen los hombres que devoraban, la única referencia que tenían para reconocer el gusto de esa carne extranjera era el recuerdo de la propia. Los indios sabían que la fuerza que los movía, más regular que el paso del sol por el cielo, a salir al horizonte borroso para buscar carne humana, no era el deseo de devorar lo inexistente sino, por ser el más antiguo, el más adentrado, el deseo de comerse a sí mismos. Ellos eran, de ese modo, la causa y el objeto de la ansiedad. Se conocían sin conocerse, y realizaban actos de los que sabían que el sentido aparente no era el verdadero; el objeto en apariencia más alejado de su deseo, es decir ellos mismos, era, y ellos lo sabían, sin representárselo con claridad sin duda, la verdadera causa de sus expediciones. Daban, para reencontrar el sabor antiguo, un rodeo inmenso por lo exterior. Durante un tiempo, ese simulacro los calmaba. Se dejaban caer, ebrios y ciegos, en lo negro, para ir emergiendo poco a poco a un día más claro y más ordenado que, con el giro lento del año, se empezaba otra vez a gastar. No querían ni pensar en lo que había pasado porque para ellos, que lo habían vivido desde dentro, no había ninguna duda sobre las causas verdaderas. Se valían, un poco aturdidos por el regreso obstinado de ese hambre que parecían haber saciado de una vez, de una gran maquinación común que desplegaba, a la luz del día, las pruebas irrefutables de su ser y de su inocencia. Pero por mucho que maquinaran, no lograban borrar lo que estaba en ellos desde el principio. Se engañaban a medias. Habían aceptado un pacto ciego en el que siempre llevaban, hostigados, la peor parte. Para ellos, el mundo no podía tener demasiado valor porque sabían que incluso los hombres verdaderos, los que parecían haberse arrancado de la negrura, arrastraban todavía, en sus actos esenciales, la pasta pegajosa y oscura de lo indistinto, en cuya ciénaga espesa ninguna claridad persistente y firme era posible.

En ese mundo incierto, cada hombre y cada cosa ocupaban su exacto lugar. En los trabajos comunes, cada indio cumplía su tarea en el momento preciso en que era necesaria, pero para mí resultaba imposible saber quién y en qué momento había dado la consigna. Si salían en las canoas, cada hombre ocupaba un sitio determinado en ellas, y los que empuñaban los remos los recogían como si se hubiese decidido de antemano que era a ellos a los que les tocaba remar. Era igual cuando salían de caza, cuando pescaban, cuando iban a la guerra. Las mujeres, que sembraban, cosechaban y realizaban las tareas domésticas, actuaban de la misma manera. Todos cumplían con rapidez y eficacia, sin equivocarse ni ocupar un lugar ajeno, el papel requerido en el momento preciso sin que nadie pareciese habérselo asignado. Nunca vi a nadie realizar lo que podría considerarse un acto casual. Todo acto, por mínimo que fuese, entraba en un orden preestablecido. Algunas acciones, que al principio me parecían absurdas, fueron revelando su estricta necesidad. En esas dos o tres leguas a la redonda que ocupaban, bajo un cielo indiferente, todos los actos humanos estaban destinados a preservar, a cada momento, la constancia improbable del mundo al que acechaba, continua, la aniquilación. Aun los días más límpidos y apacibles estaban contaminados por esa amenaza. Cada gesto era como un puntal del mundo en desbandada; cada acción, como una forma impuesta a las cosas para que no se deshicieran; cada mirada, una comprobación vigilante y preocupada de que el orden endeble del todo había condescendido, durante unos momentos más, a persistir. En esa estrategia también yo ocupaba, como todas las cosas visibles en el espacio destellante y vacío, mi lugar.

El papel que me acordaban me había permitido sobrevivir. Cada vez que salían a buscar seres humanos para sus fiestas anuales, los indios traían con ellos uno como yo al que no mataban y al que, después de darle durante cierto tiempo la gran vida, mandaban de vuelta. Durante diez años, vi sucederse a esos huéspedes desdeñosos. Los retenían dos o tres meses e incluso menos; cuando la tribu volvía, después de su tembladeral, a los días monótonos y apacibles, los dejaban ir. Si a mí me mantuvieron tantos años con ellos, era porque no sabían bien dónde mandarme de vuelta; apenas vieron que hombres que se me parecían andaban por las inmediaciones, me pusieron en una canoa y me mandaron río abajo. De todos esos huéspedes, yo era el único que no sabía cómo comportarse; los otros parecían no ignorar lo que los indios esperaban de ellos, y ese conocimiento parecía autorizarlos a mostrarse distantes y altaneros. Antes de llegar, ellos ya sabían lo que a mí me costó años descifrar. El *Def-ghi, def-ghi,* insistente y meloso que les dirigían tenía, apenas desembarcaban en la costa amarilla, un sentido inequívoco para ellos; para mí, en cambio, desentrañarlo fue como abrirme paso por una selva resistente y trabajosa. A los indios, para quienes todo lo externo se les subordinaba, nunca se les ocurrió que yo podía ignorar su lengua y sus intenciones. Yo, que a decir verdad no tenía, desde el punto de vista de ellos, existencia propia, no debía ignorar, desde ese mismo punto de vista, lo que ellos esperaban de mi persona. No me dieron, ni una vez sola, ninguna explicación. Ya en las primeras miradas que me dirigieron, en el primer anochecer en que anduve entre las hogueras, había, me doy cuenta ahora, además del deseo de llamar mi atención y de caerme en gracia, la expresión del que recuerda a una de las partes, con insistencia un poco obscena, las cláusulas de un pacto secreto. Me fue necesario ir desempastando, durante años, esa lengua en sí cenagosa para vislumbrar, sin llegar a estar nunca seguro de haber acertado, el sentido exacto de esas dos sílabas rápidas y chillonas con que me designaban. Como todos los otros que componían la lengua de los indios, esos dos sonidos, *def-ghi,* significaban a la vez muchas cosas dispares y contradictorias. *Def-ghi* se les decía a las personas que estaban ausentes o dormidas; a los indiscretos, a los que durante una visita, en lugar de permanecer en casa ajena un tiempo prudente, se demoraban con exceso; *def-ghi* se le decía también a un pájaro de pico negro y plumaje amarillo y verde que a veces domesticaban y que los hacía reír porque repetía algunas palabras que le enseñaban, como si hubiese hablado; *def-ghi* llamaban también a ciertos objetos que se ponían en lugar de una persona ausente y que la representaban en las reuniones hasta tal punto que a veces les daban una parte de alimento como si fuesen a comerla en lugar del hombre representado; le decían *def-ghi,* de igual modo, al reflejo de las cosas en el agua; una cosa que duraba era *def-ghi;* yo había notado también, poco después de llegar, que las criaturas, cuando jugaban, llamaban *def-ghi* a la que se separaba del grupo y se ponía a hacer gesticulaciones interpretando a algún personaje. Al hombre que se adelantaba en una expedición y volvía para referir lo que había visto, o al que iba a espiar al enemigo y daba todos los detalles de sus movimientos, o al que a veces, en algunas reuniones, se ponía a perorar en voz alta pero como para sí mismo, se les decía igualmente *def-ghi.* Llamaban *def-ghi* a todo eso y a muchas otras cosas. Después de largas reflexiones, deduje que si me habían dado ese nombre, era porque me hacían compartir, con todo lo otro que llamaban de la misma manera, alguna esencia solidaria. De mí esperaban que duplicara, como el agua, la imagen que daban de sí mismos, que repitiera sus gestos y palabras, que los representara en su ausencia y que fuese capaz, cuando me devolvieran a mis semejantes, de hacer como el espía o el adelantado que, por haber sido testigo de algo que el resto de la tribu todavía no había visto, pudiese volver sobre sus pasos para contárselo en detalle a todos. Amenazados por todo eso que nos rige desde lo oscuro, manteniéndonos en el aire abierto hasta que un buen día, con un gesto súbito y caprichoso, nos devuelve a lo indistinto, querían que de su pasaje· por ese espejismo material quedase un testigo y un sobreviviente que fuese, ante el mundo, su narrador.

De esa existencia difícil que llevaban, los momentos más arduos, y también los más peligrosos, eran aquellos en los que, excedidos por su deseo, se abandonaban a él y se arriesgaban a pasar, como sonámbulos, por lo más denso de la noche. Guardaban, por prudencia, a los asadores, que los cuidaban, apacibles como pastores, no de ovejas sino más bien de lobos. Y, como última carta, al huésped desdeñoso que los sabía dependientes de su capricho o de su memoria, y que podía perpetuar, en el mundo incrédulo que los había sumido en esa indigencia de realidad, alguna imagen fuerte y entera, reconocible de inmediato, y los hiciese perdurar entre las cosas visibles cuando ellos, fugitivos, ya se hubiesen borrado por completo. Si traían, sin omitirlo una vez sola, a esos huéspedes, en los días en que comían carne humana, era también para mostrar, para que fuese evidente, que ellos se habían arrancado, meritorios, del amasijo original y que, aprendiendo a distinguir entre lo interno y lo exterior, entre lo que se había erigido en el aire luminoso y lo que había quedado chapaleando en la oscuridad, el mundo vasto y borroso supiese que en ellos se apoyaba, arduo, lo real, y que ellos eran los hombres verdaderos. Nos ponían también, en esos días sangrientos, como testigos de su inocencia. Debíamos llevarle, al horizonte enemigo, por si ellos se dejaban aniquilar, sus señales de vida. Éramos, dispersos en el mundo, los últimos rescoldos de la incandescencia que los consumía. Nos soltaban para que fuésemos los mensajeros de ese hundimiento. Y la punta de la pluma que va rasgando, despacio, en la noche silenciosa, mientras sube, por la ventana abierta, un olor de cal y de madreselva, la hoja áspera, no deja, mientras la mano todavía firme la sostiene, más que el rastro de ese rumor que me viene, no sé de dónde, a través de años de silencio y de desprecio.

Así es como después de sesenta años esos indios ocupan, invencibles, mi memoria. No puedo verlos separados del cielo inmenso, azul y luminoso, que a la noche se llenaba de estrellas. Cuando no había luna, eran infinitas, enormes y chisporroteantes. En invierno, verdes, azules, violetas, rojas, amarillas, gélidas, cintilaban. Ahora me doy cuenta de que si estaban ahí, rodeándonos como a una franja delgadísima de pavor, ignorancia y palpitaciones, era porque los indios, a cada momento, sin tregua, las sostenían. El gran río, que las duplicaba, llenándose a su vez de destellos, corría hacia el sur con el aliento que ellos le daban, y los árboles, a cada primavera, reverdecían porque la sangre de los indios se confundía con su savia. Pagaban, día a día, hasta el desgaste, el precio inacabable que costaba haberse arrancado a medias de una cuna pantanosa que les dejó, para siempre, un sabor a extravío. Muchos de los recuerdos que cruzan, durante el día, porque sí, como meteoros, mi memoria, vienen de las inmediaciones de ese gran río cuya superficie rayaban las estelas de las canoas que sabían atravesarlo, rápidas, en todas direcciones, y no pocos de los gestos que realizo, mecánicos, en los momentos más inesperados, están como impregnados de esos recuerdos, a veces de un modo tan indirecto y secreto que ni yo mismo alcanzo a darme cuenta de que existe una relación, sin dejar de experimentar, sin embargo, la sensación extraña de que a través de ese acto fugaz y secundario, todos esos años van a volver, de golpe, de la región oscura en la que están enterrados a la superficie. A los recuerdos de mi memoria que, día tras día, mi lucidez contempla como a imágenes pintadas, se suman, también, esos otros recuerdos que el cuerpo solo recuerda y que se actualizan en él sin llegar sin embargo a presentarse a la memoria para que, reteniéndolos con atención, la razón los examine. Esos recuerdos no se presentan en forma de imágenes sino más bien como estremecimientos, como nudos sembrados en el cuerpo, como palpitaciones, como rumores inaudibles, como temblores. Entrando en el aire traslúcido de la mañana, el cuerpo se acuerda, sin que la memoria lo sepa, de un aire hecho de la misma sustancia que lo envolviera, idéntico, en años enterrados. Puedo decir que, de algún modo, mi cuerpo entero recuerda, a su manera, esos años de vida espesa y carnal, y que esa vida pareciera haberlo impregnado tanto que lo hubiese vuelto insensible a cualquier otra experiencia. De la misma manera que los indios de algunas tribus vecinas trazaban en el aire un círculo invisible que los protegía de lo desconocido, mi cuerpo está como envuelto en la piel de esos años que ya no dejan pasar nada del exterior. Únicamente lo que se asemeja es aceptado. El momento presente no tiene más fundamento que su parentesco con el pasado. Conmigo, los indios no se equivocaron; yo no tengo, aparte de ese centelleó confuso, ninguna otra cosa que contar. Además, como les debo la vida, es justo que se la pague volviendo a revivir, todos los días, la de ellos.

Pero no es fácil. Esos recuerdos que, asiduos, me visitan, no siempre se dejan aferrar; a veces parecen nítidos, austeros, precisos, de una sola pieza; pero, apenas me inclino para asirlos con un solo gesto y perpetuarlos, empiezan a desplegarse, a extenderse, y los detalles que, vistos desde la distancia, el conjunto ocultaba, proliferan, se multiplican, cobran importancia en el conjunto, de modo tal que en un determinado momento una especie de mareo me asalta y ya me resulta difícil establecer una jerarquía entre tantas presencias que me hacen señas. Ya no se sabe dónde está el centro del recuerdo y cuál es su periferia: el centro de cada recuerdo parece desplazarse en todas direcciones y, como cada detalle va creciendo en el conjunto, y, a medida que ese detalle crece otros detalles que estaban olvidados aparecen, se multiplican y se agrandan a su vez, muchas veces empiezo a sentirme un poco desolado y me digo que no solamente el mundo es infinito sino que cada una de sus partes, y por ende mis propios recuerdos, también lo es. En esos días me sé decir que los indios, guardándome tanto tiempo con ellos, no supieron preservarme del mal que los roía. Otras veces, sin embargo, muchas de esas imágenes se presentan en un orden apacible, cerradas y claras, persistiendo mucho tiempo, desapareciendo y volviendo a aparecer gracias a una fuerza constante y misteriosa que no únicamente les permite conservar sus rasgos inequívocos, sino que pareciera ir puliéndolos y redondeándolos hasta volverlos firmes y nítidos como piedras o como huesos.

Uno de esos recuerdos es, cosa curiosa, el de los niños que vi al día siguiente de mi llegada, jugando lejos del caserío, en la orilla del agua. Muchas veces, en el sol plácido, los vi abandonarse, felices, al mismo juego. En diez años, los niños cambiaban, porque cuando llegaban a cierta edad desaparecían unos días entre las islas, acompañados de algunos cazadores, y cuando volvían, un poco más adustos que a la ida, ya eran hombres. Pero como los grupos se formaban con criaturas de todas la edades, los más chicos iban creando la continuidad, de modo tal que parecía siempre el mismo grupo que había visto el primer día. Al principio, como me costaba reconocer a los individuos, ya que todos tenían el mismo cabello lacio y renegrido y el mismo cuerpo oscuro y lustroso, no me daba cuenta de los cambios y me parecían ser siempre los mismos. Es que ellos se esforzaban, es cierto, para que, a cada momento, todo fuese idéntico a sí mismo y obtener, de ese modo, una ilusión de inmovilidad. Debo haber visto jugar a esas criaturas cientos de veces pero, en mi memoria, es siempre el mismo recuerdo, el del primer día, el que vuelve cada vez más obstinado y más nítido. Yo me había alejado corriendo de la playa para no ver, en el sol deslumbrante, la carnicería que me espantaba. El juego indolente de las criaturas me apaciguó y durante largo rato me quedé absorto, observándolo. Se ponían en fila, paralelos al río, dejando un espacio corto entre uno y otro, y se iban dejando caer, uno a uno, quedándose como adormecidos en el suelo; cuando caía el último de la fila, el primero venía a ponerse detrás de él, todos los otros lo seguían en el mismo orden, y el juego recomenzaba. A veces, las manos del último se apoyaban en las del penúltimo, las de éste en las del antepenúltimo, y así sucesivamente hasta el primero, y la fila, encadenada de esa manera, se desplazaba un trecho en línea recta, formaba un círculo, o empezaba a girar sobre sí misma como una espiral. Durante horas las criaturas se abandonaban, felices, a ese juego del que el recuerdo, cada vez más limpio y más imborrable, me visita seguido. En sus rasgos, que año tras año se van precisando, me parece entrever que algún signo oscuro del mundo se presenta, quién sabe por qué causa, a la luz del día, ya que es difícil imaginar que la persistencia de ese acto por parte de los niños, a través de muchas generaciones, y su presencia insistente en mi memoria, sean simples hechos casuales que, medidos con la vara del infinito, no tengan ninguna significación. Tanta terquedad por perdurar en la luz adversa del mundo sugiere, tal vez, alguna complicidad con su esencia profunda. Ha de ser, sin duda, la cifra de cosas elementales, como la forma del tiempo o la razón del espacio, atravesadas por el ir y venir de la misma sangre humana entre sobresaltos, maravilla y titilaciones. Pero aun cuando ninguna cosa oculta se revele, una y otra vez, en la imagen de esos juegos, su reaparición constante en mi memoria, cada vez con mayor simplicidad, va gastando, poco a poco, la borra de los acontecimientos que contiene, para dejar la limpidez geométrica de esa figuras que las criaturas trazaban, con sus cuerpos, en el suelo arenoso, al abrigo de la contingencia: una línea de puntos, discontinua, cuando los chicos, dejándose caer uno a uno y quedándose como adormecidos, quebraban en muchas partes la recta continua que volvían a formar después apoyando las manos en los hombros del que estaba adelante hasta transformarse en una cadena que, girando, se transformaba a su vez en círculo o en espiral.

Otros de esos recuerdos que, con un ritmo propio y misterioso, frecuentes, me visitan, es el de un amanecer de verano, al día siguiente de una de las fiestas en las que los indios, a cada vuelta del año, naufragaban. Uno de los indios agonizaba, acostado de espaldas sobre la arena, de cara al aire empalidecido. Tenía el cuerpo lleno de heridas, de golpes, de quemaduras. Había pasado el día anterior comiendo carne humana, emborrachándose y copulando. Los ojos, muy abiertos, miraban fijo el cielo lívido y de la boca entreabierta, por la comisura de los labios, se le había escapado una estela de sangre y saliva que, en contacto con el aire fresco de la mañana, ya se había secado. A medida que el hombre iba entrando en la muerte, casi con el mismo ritmo, el sol de verano subía en el cielo que, con la luz creciente, iba poniéndose, a partir de la palidez del alba, cada vez más azul. Que el mundo nos roba su sustancia, que se sostiene con nuestra sangre, podría probarlo el contraste que ofrecían el hombre agonizante y el espacio en cuyo interior se extinguía, porque, a medida que el brillo de sus ojos se apagaba, que su respiración se volvía más entrecortada y más débil, la luz matinal ganaba brillo y magnificencia, como si el mundo fuese sacando del último aliento del hombre los destellos que cabrilleaban en el agua, que hacían más intenso el amarillo de la arena, que espesaban el azul del cielo, y que rebotaban en las hojas verdes y bien despabiladas de los árboles. Yo estaba acuclillado junto al hombre, que era un poco más viejo que yo, y que ya ni notaba mi presencia. En la medida en que me era posible conocer a esos indios, yo lo conocía bastante bien; vivía con su familia en una choza muy cercana a la mía y, muchas veces, me mandaba alimento con las mujeres o las criaturas o a veces era él mismo el que me lo traía. Lo que me había llamado la atención en él eran su discreción y su mesura. Aun cuando durante semanas e incluso meses los indios se olvidaran un poco de mi presencia o la aceptaran con indiferencia, la mayor parte del tiempo me asediaban con sus poses exageradas, con sus requerimientos, con sus zalamerías. No era raro que, si por ejemplo, me traían alimento, me lo hiciesen notar con exceso sin duda para que yo, cuando me refiriese a ellos en algún futuro probable, tuviese en cuenta su generosidad. Si acentuaban tanto todos sus actos y sus facetas, era para volverse más inteligibles y para que yo los aprehendiese con más facilidad. No siempre las poses que adoptaban revelaban lo mejor de ellos. Que la imagen que querían dar de sí mismos fuese buena o mala les interesaba poco; lo importante era que fuese intensa y fácil de retener. Muchos me persiguieron durante diez años con detalles pueriles, que repetían siempre de la misma manera, y que no dejaban de evocar cada vez que me encontraban. Uno que, el primer día, para llamar mi atención, me había amenazado con comerme a mí también, y que para demostrármelo simulaba morderse su propio brazo, me lo recordaba, riéndose, cada vez que se topaba conmigo. *Def-ghi, def-ghi,* me decía siempre, agregando dos o tres sonidos rápidos que querían decir más o menos: yo *soy el que, en broma, te decía que te iba a comer.* En los diez años, envejeció y perdió casi todos los dientes; era ancho y retacón, y la piel alrededor de los ojos achinados se le arrugaba toda cuando se reía mostrando las encías de un rosa blancuzco. Nunca, en todo el tiempo que estuve entre ellos, el indio me dirigió la palabra para decirme otra cosa: siempre los dos o tres sonidos rápidos y chillones con los que quería grabar en mi recuerdo esa ocurrencia pueril que, imborrable, lo salvaría. A veces me cruzaba, lo más serio, distraído, y ni siquiera me saludaba, seguía caminando y, como si se acordara de golpe, me llamaba, me dirigía su sonrisa artificial y las palabras consabidas, se ponía serio otra vez, y se alejaba. La tarde en que me pusieron en la canoa llena de víveres para mandarme río abajo, alcancé a divisarlo por última vez. tratando de abrirse paso por entre la muchedumbre que se apiñaba alrededor de la canoa, conservando a duras penas la sonrisa a causa de los apretujones, y repitiendo sin cesar los sonidos que el clamor de la muchedumbre me impedía escuchar pero que yo adivinaba con facilidad: *Def-ghi, def-ghi, yo soy el que, en broma, te decía que te iba a comer, yo soy el que, en broma, te decía que te iba a comer.*

Casi todos los indios, sin llegar siempre a tales extremos, actuaban de la misma manera. El miedo de perderse en el amasijo anónimo de lo indistinto los hacía adoptar esas actitudes fijas y sin matices que trataban, de un modo u otro, cuando podían, con mayor o menor discreción según los casos, de hacerme percibir. Cuando lo que me señalaban de sí mismos eran buenas cualidades, parecían ostentar una vanidad desmesurada. Alguno pretendía ser el mejor cazador de la tribu, otro, el que hacía las mejores flechas, un tercero el que más veces se bañaba por día. No tenían la costumbre de mentir, pero en algunas ocasiones noté que exageraban, no para engañarme, sino para aumentar ante sus propios ojos, y ante los míos también, la aferrabilidad del personaje que representaban. Un viejo me dijo una mañana que se le habían caído todos los dientes de una sola vez; una mujer, dando muchos rodeos, lo que era raro en ellos, para disimular la exageración, que, cuando había sido virgen, todos querían que ella sola mascara las raíces con las que hacían su brebaje, porque su saliva era dulce. Se escupía las yemas de los dedos y quería darme a probar diciendo que, si lo hacía, nunca más me iba a olvidar el sabor. Ese querer ser vistos y recordados con intensidad no era el único obstáculo que impedía tener con ellos una amistad o, por lo menos, una relación simple y natural. El envaramiento, que a veces podía lindar con la hosquedad, desbarataba, áspero, todo acercamiento. La alegría común, que a veces aparece, diseminada en todos, discreta pero plena y liberadora, les era desconocida: parecían haberse prohibido de antemano todo goce elemental. Una obligación de tristeza o de seriedad, rigurosa, los secaba. Se imponían una vida estrecha y árida de la que desterraban, desconfiados, el placer. Esa sequedad deliberada se hacía evidente sobre todo cuando algo parecía producírselos, porque mostraban en sus expresiones que ese placer, que volvía a asaltarlos a pesar del rechazo constante que le oponían, los turbaba, y que el hecho de sentirlo era para ellos motivo de lucha interior y de sentimientos contradictorios. Del goce, lo que menos les gustaba era experimentarlo. La decisión de desterrarlo de sus vidas parecía natural mientras no se presentara. Cuando aparecía, bajo una forma sensual o como simple alegría motivada por alguna situación inesperada, trataban de disimularlo y parecían confusos o avergonzados. No querían reconocer su propio goce. No les gustaba que algo, demoliendo sus fortificaciones, les gustara.

El hombre que en la mañana gradual agonizaba echado boca arriba sobre la arena amarilla, era un poco diferente. En él, la ansiedad y la rigidez de los indios eran menos evidentes. Daba la impresión de estar, más que los otros, dispuesto a abandonarse, a dejarse moldear, dócil, por el vaivén de los días, sin empecinarse en forjar una imagen de sí mismo ni negarse a admitir el ritmo de la contingencia. Esa flexibilidad me permitía mantener con él una relación un poco más directa y natural que con el resto de la tribu. Por supuesto que no había, entre nosotros, ninguna intimidad, y muy pocos intercambios verbales, pero yo podía estar seguro de que, si lo encontraba, él por lo menos no iba a dirigirme una de las consabidas sonrisas melosas ni a tratar de dejar una impresión imborrable en mi memoria. Incluso el ritmo de su paso era un poco más lento que el de los demás. En esa indolencia casi imperceptible yo adivinaba, sin darme cuenta, una especie de originalidad, de sentimiento personal de que esa imposibilidad que era la esencia de las cosas, de la lengua, y hasta de la carne de su gente, no era tal vez tan absoluta o, si lo era, que él, a pesar de todo, se reservaba la libertad de desafiar las leyes rígidas del mundo y de vivir una vida diferente a la de los demás, aun cuando la aniquilación lo acechara. De esa diferencia ínfima emanaba una especie de bondad. Yo lo visitaba con frecuencia y él no pocas veces pasaba a verme a mi casa. En general hablábamos muy poco, pero a mí me parecía sentir que su sola presencia probaba cierta compasión por mi destino. Me enseñó a pescar con lanzas y con flechas, o, incluso, con esos cuchillitos de hueso en cuya fabricación y en cuyo uso demostraban tanta habilidad. Con las criaturas, era paciente y afectuoso. Cuando los hombres deliberaban, no pocas veces le pedían su opinión; y él la daba con exactitud y sin énfasis, con un aire pensativo que parecía demostrar que él le acordaba a sus propias palabras un carácter menos infalible que, con su actitud casi reverencial, parecían acordarle sus interlocutores. Era como si, paternal, confirmase a los otros en sus falsas expectativas, por creerlos, en secreto, incapaces de soportar verdades más agobiadoras.

La última vez, ese hombre había estado entre los asadores, y en los años anteriores yo no alcanzaba todavía a distinguirlo de los otros miembros de la tribu. La actitud serena y vigilante de los asadores me había inducido a pensar que esos hombres se comportaban así en todo momento, haciéndome confundir su función pasajera con un modo de ser permanente. A esos asadores los indios los designaban todos los años con razonamientos que se me escapaban, salvo el hecho de que los que cazaban las presas debían, a causa de una ética que yo no comprendía, abstenerse de comerlas. Esos cazadores eran elegidos cada año en cabildeos largos y confidenciales. Cuando reparé en él por primera vez, el hombre preparaba, lejos del tumulto de la tribu, una comida frugal para los asadores, y el primer recuerdo de su persona se asocia, en mi memoria, a sus gestos precisos, rápidos y tranquilos. Esa imagen desdibujaba otras evidencias en las que yo no pensaba: que, por ejemplo, el día antes ese mismo hombre había asesinado a los que la tribu estaba devorando en ese momento y que, sin duda, había empleado la mañana en despedazar, con su cuchillito de hueso, sobre un colchón de hojas verdes, los cuerpos capturados. Durante el año que transcurrió, esa imagen serena del hombre se fue consolidando gracias a sus actitudes razonables y cálidas.

Su agonía confirmaba, inacabable, mi error. El día antes yo

había debido ir aceptando, poco a poco, el desengaño. Lo había visto, a la mañana, espiar con ansiedad a los asadores que colocaban, indiferentes y hábiles, los cuerpos descuartizados sobre las brasas. Su expresión, inequívoca, no mostraba ninguna lucha interna ni ninguna vacilación. Merodeaba, más impaciente que otros, las parrillas humeantes. En muchos indios, una semisonrisa distraída, lenta, soñadora, anticipaba, en la imaginación, el placer real que se avecinaba. En él, ni siquiera esa alegría espuria se insinuaba: hosco, retraído, casi furioso, iba y venía por las inmediaciones de las parrillas y se veía bien que para él el ruido vario del mundo ya no sonaba. Empecé a observarlo desde cierta distancia, tratando de no perderlo de vista. Cuando la carne estuvo lista, me espantó ver cómo, a una mujer que, sin darse cuenta, le interceptaba el camino a las parrillas, le dio un puñetazo en el hombro para obligarla a cederle paso. Con la misma hosquedad retraída con que había estado esperando, recogió un pedazo de carne y después, como un animal ausente, buscó, con la vista, un lugar tranquilo para sentarse a devorarlo. Se encaminó, solo, a la orilla del río y, sentándose en una canoa vacía, empezó a comer.

Masticaba, empecinado, sin levantar mucho la cabeza de su pedazo de carne, con furor creciente, como renegando en silencio por no poder, de un solo bocado, devorar, no únicamente su pedazo de carne, sino el mundo entero que lo contenía. Cuando terminó el primer pedazo saltó de la canoa y, con paso decidido, fue a buscar otro a las parrillas. Cuando lo obtuvo, se quedó a comer cerca del fuego, lo terminó en dos o tres tarascones, y pidió un tercero. Se veía que ya estaba repleto, pero ese tercer pedazo parecía una obligación que, deliberado, se imponía a sí mismo. Con el pedazo en la mano, empezó a pasearse, lento, casi con el mismo ritmo con que masticaba, por la orilla del agua, parándose a veces o dejando, por un momento, de masticar con la boca abierta. Los últimos bocados ya no le pasaban. Los masticaba mucho, muy despacio, con la boca abierta, el ceño fruncido, los ojos fijos en el vacío, lo que quedaba del pedazo de carne olvidado allá abajo, en la mano que lo aferraba balanceándose a lo largo del cuerpo mientras el hombre caminaba. A duras penas, lo terminó. Quedó un hueso pelado que dejó caer, distraído, sobre la arena que, en su ir y venir, iban como cavando sus pasos trabajosos. Por fin se desplomó. Durante un buen rato dormitó al sol, hasta que el tumulto de los otros indios que se arremolinaban contra las vasijas de aguardiente lo despertó y lo hizo incorporarse a medias y ponerse a pestañear en esa dirección. Recién al día siguiente estaría agonizando sobre esa misma playa, pero ya en ese momento parecía ausente de este mundo que había perdido, a simple vista, toda corporeidad para él. Sin sacudirse de su somnolencia se levantó y se encaminó hacia las vasijas. Ni siquiera vio que uno de los que distribuían el alcohol le ofrecía una calabacita llena; juntó una del suelo, la hundió en la vasija y, retirándola repleta, la vació de un solo trago. Seis o siete veces repitió la misma operación, tieso, erguido, el pecho un poco hinchado, la mirada cada vez más turbia, mostrando, con su opacidad, que detrás de ella no había sueños tumultuosos sino una negrura espesa y continua. Después se alejó de la muchedumbre y se quedó parado, rígido, cerca del agua, inmóvil, hasta el anochecer. Obtenía su inmovilidad y su rigidez gracias a un esfuerzo desmesurado, y se veía bien que todo su cuerpo luchaba por mantenerla, hasta tal punto que el cuello se le hinchaba y las venas, gruesas y tortuosas, sobresalían en su frente al mismo tiempo que mantenía los ojos fijos y muy abiertos y los dientes apretados entre los que, a causa del esfuerza, le chirriaban, por momentos, gotas de saliva. Esa inmovilidad parecía todavía más extraña comparada con la actividad que desplegaba, alrededor del hombre, en la fiebre del anochecer, la tribu entera; desde hacía un buen rato, los cuerpos, por parejas o por grupos en los que se mezclaban indios de todas las edades, desde las criaturas hasta los viejos, se entrelazaban, brutales, llenando el aire liso y tibio del anochecer con sus suspiros, sus gritos, sus voces, sus lamentos. Muchos se revolcaban a pocos metros del hombre inmóvil, que siguió tenso y erguido hasta que, en un momento dado, imprevisible y brusco, salió corriendo y desapareció entre los árboles y también en la oscuridad, porque en ese mismo momento llegaba la noche. Entonces, lo perdí de vista. Sé que fue a mezclarse en el tumulto de la tribu, que fue pasando, una y otra vez, por la ciénaga abierta bajo sus pies que cada ano, durante unas horas, se tragaba a la tribu entera, devolviendo maltrechos a muchos de sus miembros y guardándose no pocos para siempre. La inmovilidad a la que se había estado sometiendo durante horas no había sido de ningún modo una muestra de retención o un intento poderoso por mantenerse al margen del caos sino, muy por el contrario, un desafío descabellado, una forma de delirio y de desmesura. En todo caso, lo que la oscuridad devolvió a la playa amarilla, después de una noche inacabable, en el amanecer lívido, era la costra magullada y vacía del hombre que yo había conocido.

Inclinado sobre él, bajo el sol de la mañana, lo miraba morir. A diferencia del otro, hecho de muchas experiencias distintas que se confunden y forman una sola imagen en mi memoria, este recuerdo es único, porque la muerte de cada hombre es única y era ese hombre y ningún otro el que se moría. En eso se revelan iguales muerte y recuerdos: en que son, para cada hombre, únicos, y los hombres que creen tener, por haberlo vivido en la proximidad de la experiencia, un recuerdo común, no saben que tienen recuerdos diferentes y que están condenados a la soledad de esos recuerdos como a la de la propia muerte. Esos recuerdos son, para cada hombre, como un calabozo, y está encerrado en ellos del nacimiento a la muerte. Son su muerte. Cada hombre muere de tenerlos únicos, por—que justamente lo que muere, lo que es pasajero y no renace en otros, lo que en las muchedumbres está destinado a morir, son esos recuerdos únicos que alimentan el engaño de un rememorador exclusivo que la muerte acabará por borrar. Del hombre magullado, que ya apenas si respiraba, aprendí, también, aquella mañana, que, de la negrura que nos rodea, la virtud no salva. Si sorteamos, valerosos, una noche, otra más grande, un poco más lejos, nos espera. En vano ese hombre, en días apacibles, apreciaba ser bueno; la boca abierta sobre la que bailaba, inocente, en equilibrio, se lo comía igual. Nuestras vidas se cumplen en un lugar terrible y neutro que desconoce la virtud o el crimen y que, sin dispensarnos ni el bien ni el mal, nos aniquila, indiferente. Hacia mediodía el hombre dejó, por fin, de respirar. Entre el cielo azul, las hojas verdes, el río dorado y la arena amarilla, se volvió una mancha confusa y sin nombre, como si esa evidencia plena y exterior del mundo que nos rodeaba lo hubiese despojado, para desplegarse en la luz, de su aliento y su sustancia.

No bien un sueño ha pasado, por vivido que haya sido y por claro que siga siendo en la memoria se vuelve, para el soñador, indemostrable y remoto. Si lo cuenta, el que lo escucha creerá en vano reconocer los detalles y el mentido. Aun para el soñador mismo son problemáticos. Si una tarde, por ejemplo, le vuelve, por algún signo de la vigilia que se lo recuerda, un sueño olvidado, no habrá, para el soñador, modo alguno de verificar el momento exacto en que tuvo ese sueño y no podrá determinar si lo soñó la última noche, o un mes antes, o muchos años antes. No podrá saber si ese sueño, que él creía olvidado, es de verdad un sueño antiguo que le vuelve y no uno nuevo que se le aparece por primera vez en forma de recuerdo, flamante y repentino. Recuerdos y sueños están hechos de la misma materia. Y, bien mirado, todo es recuerdo. Pero el mundo puede darles edad y espesor. Si en este momento, por ejemplo, me acordara de un sueño en el que estuviese presente el padre Quesada, esa presencia le daría al sueño una edad, ya que no lo hubiese podido soñar antes de conocerlo, y el recuerdo del padre Quesada, lo que autoriza a darle una existencia independiente de mis sueños, cobra espesor y realidad gracias a algunos libros que me dio antes de morir y de los que nunca me he separado. De esa manera, sueño, recuerdo y experiencia rugosa se deslindan y se entrelazan para formar, como un tejido impreciso, lo que llamo sin mucha euforia mi vida. Pero a veces, en la noche silenciosa, la mano que escribe se detiene, y en el presente nítido y casi increíble, me resulta difícil saber si esa vida ha tenido realmente lugar, llena de continentes, de mares, de planetas y de hordas humanas o si ha sido, en el instante que acaba de transcurrir, una visión causada menos por la exaltación que por la somnolencia. Que para los indios ser se dijese parecer no era, después de todo, una distorsión descabellada. Y, no pocas veces, algo en mí se plegaba, dócil, y bien hondo, a sus certidumbres.

Un día, por ejemplo, en que ya caía la tarde, yo estaba sentado, apacible y vacío, en la puerta de mi casa. Había sido uno de esos días largos de primavera en los que el viento, tibio, constante y no demasiado fuerte arrastra, desde la mañana, nubes espesas y blancas que dejan entrever el cielo azul y luminoso, y se detiene so—lamente al crepúsculo. A esa hora, ya no soplaba. Había dejado el cielo limpio de nubes, a no ser por dos o tres jirones muy alargados y casi transparentes, superpuestos y paralelos como trazos tortuosos que la luz del sol volvía verdosos y anaranjados. Sentado en el suelo recién barrido, con la espalda apoyada en la pared de adobe, los miraba desvanecerse poco a poco mientras el cielo, tenso, se oscurecía. Del mismo modo que las nubes, el viento parecía haber borrado también mis pensamientos. Miraba cambiar el color de las nubecitas que, al mismo tiempo que se volvían violáceas, azules, se iban adelgazando y desapareciendo. El sol ya se había hundido en el horizonte, y la que todavía iluminaba la tarde era, cada vez más uniforme, su última luz. También al caserío lo apaciguaba el crepúsculo. Como yo, algunos indios descansaban en las puertas de sus casas. Otros, más indolentes que de costumbre o que me dan, ahora, en el recuerdo, esa impresión, atravesaban, un poco más lejos, la playa en muchas direcciones. Un hombre, arrodillado, empezaba a encender, diestro, una fogata. Varias criaturas, oscurecidas por la penumbra de los árboles, se reconcentraban en sus juegos extraños. Gracias tal vez a la calma súbita del viento desapacible, la tarde, los hombres y el horizonte circular lleno de cosas espesas y misteriosas, parecían más constantes y benévolos. Un olor a comida, a hogar elemental, empezaba a flotar, sin ensuciarlo, en el aire. Durante unos minutos, me distraje observando a ese pueblo oscuro que palpitaba, como hechizado, a mi alrededor, y cuando alcé otra vez la cabeza, las nubecitas habían desaparecido. Quedó el cielo vacío de un azul muy liso que se iba oscureciendo y, como si se fuesen acercando de a poco, y tan débiles todavía que había que esforzarse para descubrirlas, las primeras estrellas. Eran unos puntitos tenues que parecían brillar y borrarse, brillar y borrarse, como si también ellas, a las que se les asigna, con tanta certeza, la eternidad, el ser les costara, igual que a nosotros, sudor y lágrimas. Para esa época, yo creía que mi destino estaba hecho y que, ya sin variantes, mi porvenir escaso desembocaba en la muerte. No sabía que, muy poco tiempo más tarde, en una canoa cargada, los indios me mandarían río abajo al encuentro de esta noche de verano, tan alejada y diferente de aquellos días que me parecían finales. Pero no mezclaba, a esa convicción, ni furor ni angustia. Me dejaba estar, neutro, a la altura de mi destino, entregado al orden de lo inmediato; desguarnecido como vine a este mundo, el pan de mi vida, por duro que fuese, me bastaba, y yo desconocía gustos mejores que justificaran la nostalgia. En el anochecer apacible, estaba todavía más vacío que de costumbre, pero gracias tal vez a la clemencia del tiempo, ni siquiera me daba cuenta. Me quedé unos momentos mirando aparecer las estrellas, y después me levanté y empecé a pasearme por el caserío.

Algunos indios me dirigían las miradas entendidas y cómplices a las que, después de tanto tiempo, ya me había acostumbrado. *Def-ghi, def-ghi,* me decían, señalándose a sí mismos al pasar, entrecerrando los ojos o haciendo alguna mueca. Otros, indiferentes, ni siquiera reparaban en mí. A veces, del río cercano llegaba el ruido súbito de algún chapuzón. El hombre que unos minutos antes había estado tratando de encender una hoguera, ya había logrado su propósito. Como había mezclado a la leña muchos arbustos y paja seca, las llamas brotaron de golpe, verticales y altas, chisporroteando y crepitando fuertes. Casi enseguida, viniendo de la penumbra azulada, un puñado de mariposas oscuras se precipitó entre las llamas. En la proximidad del fuego, el aire tibio se recalentaba y, a pesar de que no soplaba ningún viento, la violencia con que el fuego había prendido dispersaba el primer humo turbulento. El hombre acomodaba la leña con un palo, arrastrando con la punta las ramitas dispersas en el suelo alrededor de la hoguera. Algunos indios que pasaban le dirigían un saludo rápido y después se alejaban en la penumbra azul. Dejé atrás el tumulto de humo, chispas y llamas y me encaminé hacia el río. En la oscuridad azul, la arena relumbraba, más amarilla que a la luz del día. Un hombre salió del río chorreando agua, y se perdió corriendo entre los árboles. Yo me paré en la orilla.

La penumbra se inmovilizó, pero no se hizo más densa. Me pareció raro que a los pájaros, que cantaban mucho en el atardecer, no se los oyera. A decir verdad, desde hacía un buen rato estaban en silencio. Tampoco el agua se movía, a no ser las sacudidas, casi imperceptibles, que llegaban, regulares, a la orilla. Únicamente los ruidos humanos y las voces humanas, insistentes, resonaban: gritos, saludos, conversaciones, ruidos de hueso o de madera que humanos manipulaban para ir sacando, de lo indistinto, formas reconocibles. El ruido apagado de pies descalzos que iban y venían rebotando o deslizándose sobre la arena, se oía también por momentos a mis espaldas. Un poco más lejos, también en la orilla, más oscuras que la penumbra, se recortaban varias embarcaciones. Todo lo presente, incluidos nosotros, estaba en, y era, al mismo tiempo, un lugar. A decir verdad, nosotros éramos, más que el lugar mismo, ese lugar, y como en ese anochecer parecía más acogedor, había algo de hiriente en su habitual mudez desdeñosa. La paz de ese atardecer lo ponía al descubierto. Que únicamente perduráramos gracias a su condescendencia, nos rebajaba todavía más que a las bestias sumisas o indiferentes. Era, según lo pensaban los indios, gracias a nuestro parecer, que ese lugar parecía un lugar, y, sin embargo, no hacía nada, ninguna seña, ningún esfuerzo para ganarse nuestra confianza.

La arena firme de la orilla me humedecía los pies descalzos. Distraído como estaba, tardé unos momentos en darme cuenta de que desde hacía unos momentos se había puesto a brillar. Era un brillo blanco, fosforescente y, alzando la vista, comprobé que también el río se había llenado de reflejos de un tinte idéntico. Alcé más alto la cabeza y, dándome vuelta, dirigí la vista hacia el cielo: era la luna. Nunca la había visto tan grande, tan redonda, tan brillante. Brillaba tanto que del cielo se habían borrado todas las estrellas. Subía lenta, irrefutable y única, tibia y familiar y su intensidad explicaba que, en un determinado momento, la progresión de la oscuridad se hubiese detenido. Ahora, todo lo visible estaba decorado de manchas lunares que pasaban entre la fronda de los árboles y se estampaban, de un blanco absoluto, en el suelo, en las paredes y en los techos de las viviendas, en los cuerpos desnudos que se movían entre los árboles y que parecían emitir un fuego fijo y frío. Tenía la proximidad amistosa de esas cosas que nos son incomprensibles pero que ya no nos espantan porque hemos aceptado, quién sabe por qué causa, su misterio. Ninguna razón justificaba su presencia y, sin embargo, de tanto verla, constante y regular, con sus fases periódicas, menos distante y más dulce que el sol cegador, sus idas y venidas, tan exactas que las podíamos prever y que incluso nos servían para ordenar, de muchas maneras, nuestras vidas, en lugar de inquietarnos, como hubiese debido ser, nos tranquilizaba. Todos los días, el sol desdeñoso pasaba para mostrarnos, con su luz cruda, la persistencia injustificada del lugar que éramos también nosotros, en tanto que la luna gentil, gracias a su proximidad, formaba parte, también ella, de ese lugar, era una especie de puente entre lo remoto y lo familiar. Gracias a ella el todo, que derivaba, inacabado, en lo oscuro, parecía saber algo de nosotros y prometernos una aniquilación menos ciega. Aunque no fuese capaz de preservarnos ni de interceder, la luna tibia con su compañía insistente podía darnos la ilusión de que lo inacabado nos medía, desde el exterior, con un rasero no muy diferente del que nos aplicábamos nosotros mismos.

En general, los indios se dormían temprano. Pero en esos anocheceres templados, muchos se demoraban, a veces afuera de las construcciones hasta que era noche cerrada. El que había encendido la hoguera no lo había hecho con ningún fin especial, a no ser el de entretenerse removiendo las brasas y alimentándolas con leña que juntaba en sus alrededores, de modo que las llamas crecientes hacían relucir su cuerpo oscuro cuando se inclinaba hacia ellas para acomodar la leña con un palo. Absorto en su trabajo, parecía ignorar la luna que subía en el cielo por encima de su cabeza, el tamaño inusual, la redondez perfecta y desmesurada, el brillo extraño, de una blancura azulada, la presencia excesiva y perentoria. La claridad que difundía, ni nocturna ni diurna, parecía tener un tinte de inminencia, y como se iba volviendo cada vez más intensa, las manchas de blancura espesa que se colaban a través del follaje y las que se reflejaban en el río, empezaron a extinguirse, absorbidas por la claridad general. Hasta las llamas de la hoguera empalidecían en esa luminosidad mitigada. La luz que hasta hacía unos momentos había estado lanzando rayos dispersos, aislados, y un poco arbitrarios, se había vuelto claridad inesperada y uniforme dándole a las cosas, ya de por sí dudosas, una extrañeza adicional. Empecé a sentir, de golpe, de un modo confuso, que tal vez no estábamos donde creíamos ni éramos como pensábamos ser y que esa luz inusual iba a mostrarnos, con su brillo desconocido, nuestra condición verdadera.

Casi al mismo tiempo en que alcanzaba, diseminándose, su máxima intensidad, se empezó a velar. Yo lo noté al mismo tiempo que algunos indios que deambulaban entre el caserío y la playa. Ninguno de ellos había estado observándola pero, por alguna razón inexplicable, se dieron cuenta al mismo tiempo que yo que desde hacía un buen rato no le había sacado los ojos de encima. Un tinte azul, avanzando lento, se superponía al brillo desmedido y, poco a poco, la atenuaba. Por contraste, la parte no recubierta parecía incluso más brillante. Pero la penumbra azul la iba ganando. Una línea nítida, vertical, dividía en dos la luna; la parte azul que, aunque despacio, no dejaba de crecer, era como un arco que iba haciéndose más ancho a medida que la parte brillante disminuía. Unos minutos más tarde, la línea vertical la dividía en dos mitades: una velada de azul y la otra brillante. Pero, si se observaba con atención, podía verse, en el borde exterior de la mitad azul, una nueva línea vertical que empezaba a ensombrecerla y a correrse, imperceptible, hacia el centro. La parte brillante se fue reduciendo y se adivinaba que, en unos minutos más, se borraría por completo.

El hombre que había estado entreteniéndose con el fuego dejó caer el palo con el que removía las brasas y, alzando la cabeza hacia la luna, vino caminando con pasos trabajosos hacia el centro de la playa. Cuando se alejó del fuego, su cuerpo, que relucía al resplandor de las llamas, perdió nitidez y se convirtió en una silueta azulada un poco más densa que la penumbra en la que se desplazaba. Después de andar un poco con dificultad se confundió con los otros indios que, en silencio, saliendo de las viviendas, apareciendo de entre los árboles, viniendo desde el fondo del caserío que se extendía tierra adentro, empezaron a concentrarse en el espacio abierto de la playa. Se oía el rumor de los pasos sobre la arena, la respiración de muchos, el ruido de las manos que, por descuido, rozaban el cuerpo propio o algún cuerpo ajeno, pero ninguna voz subía de la muchedumbre cada vez más densa que, reunida en la playa, fijaba la vista en el cielo. A pesar del silencio flotaba, en la oscuridad que iba espesándose, un hálito de certidumbre. Yo creía percibir, con el corazón palpitante, su sentido. Al borrarse, en un espacio que se convertía, ante sus propios ojos, en noche pura, la luna, de la que la costumbre podía hacernos creer que era imperecedera, corroboraba, con su extinción gradual, la convicción antigua que se manifestaba, a sabiendas o no, en todos los actos y en todos los pensamientos de los indios. Lo que estaba ocurriendo, ellos ya lo sabían desde el principio mismo del tiempo. Para ellos, vivir había sido un apretujarse en hordas circunspectas y desoladas, a la espera del único acontecimiento digno de ese nombre que esa noche, llegando súbito y sin presagios anunciadores tenía, de una vez por todas, lugar. Ninguna agitación exterior sacudía a la muchedumbre. Inmóvil y silenciosa, contemplaba el cielo cuya oscuridad, como iba haciéndose cada vez más espesa, espesaba también las siluetas de los indios que iban confundiéndose más y más con la negrura.

Entre tanto, la luna se borraba bajo ondas sucesivas y cada vez más frecuentes de oscuridad. Capas densas de sombra se iban superponiendo unas a otras, verticales, surgiendo cada vez más rápidas del mismo borde y ganando poco a poco la superficie entera. Al principio podía verse todavía el contorno circular, como una especie de nimbo azulado hecho de una claridad irrisoria, a la que, por otra parte, la palabra claridad podía aplicársele únicamente en contraste con la negrura absoluta contra la que se recortaba. Pero, por último, hasta ese rastro débil se borró. Nada podría darle un nombre, en los minutos que siguieron, a esa negrura. Y silencio no es, ni por lejos, la palabra que le cuadra a esa ausencia de vida. Como a mí mismo, estoy seguro de que esa oscuridad les estaba entrando tan hondo que ya no les quedaba, tampoco adentro, ninguna huella de la lucecita que, de tanto en tanto, provisoria y menuda, veían brillar. Al fin podíamos percibir el color justo de nuestra patria, desembarazado de la variedad engañosa y sin espesor conferida a las cosas por esa fiebre que nos consume desde que empieza a clarear y no cede hasta que no nos hemos hundido bien en el centro de la noche. Al fin palpábamos, en lo exterior, la pulpa brumosa de lo indistinto, de la que habíamos creído, hasta ese momento, que era nuestro propio desvarío, la chicana caprichosa de una criatura demasiado mimada en un hogar material hecho de necesidad y de inocencia. Al fin llegábamos, después de tantos presentimientos, a nuestra cama anónima.

Por venir de los puertos, en los que hay tantos hombres que dependen del cielo, yo sabía lo que era un eclipse. Pero saber no basta. El único justo es el saber que reconoce que sabemos únicamente lo que condesciende a mostrarse. Desde aquella noche, las ciudades me cobijan. No es por miedo. Por esa vez, cuando la negrura alcanzó su extremo, la luna, poco a poco, empezó de nuevo a brillar. En silencio, como habían venido llegando, los indios se dispersaron, se perdieron entre el caserío y, casi satisfechos, se fueron a dormir. Me quedé solo en la playa. A lo que vino después, lo llamo años o mi vida —rumor de mares, de ciudades, de latidos humanos, cuya corriente, como un río arcaico que arrastrara los trastos de lo visible, me dejó en una pieza blanca, a la luz de las velas ya casi consumidas, balbuceando sobre un encuentro casual entre, y con, también, a ciencia cierta, las estrellas.